書乃之孫
深池黄
我之為陵
生

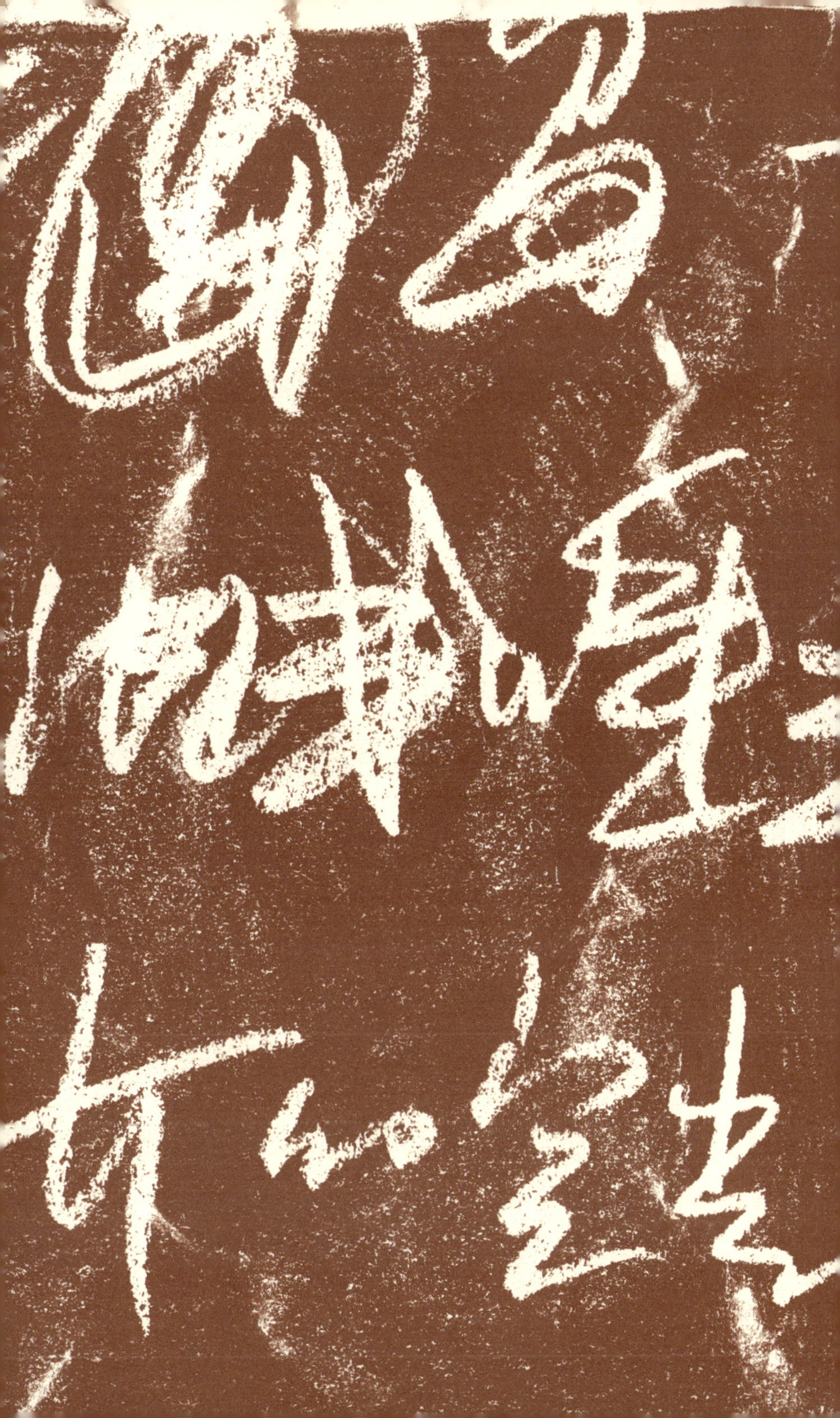

诗蜀志

SHI SHU ZHI

哑石 编

《诗镌》(2016卷)

序

因缘聚汇，新诗诞生百年之际，丛书《诗镌》（2016卷）出版；该丛书含《诗镜》《诗蜀志》两本。

1926年4月，闻一多、徐志摩、饶孟侃、孙大雨、朱湘等人，在《晨报》副刊上创办新诗史上第二个新诗专刊《诗镌》。他们，进行多方面理论和写作探索，细究音韵形式，强调“具体的境遇”来纠正流行的感伤化倾向，“第一次一伙人聚集起来诚心诚意的试验作新诗”（梁实秋）。自然，此番重新征用“诗镌”之名，包含了向百年新诗历史上所有“诚心诚意”的前辈致敬的意思。

新诗历程，向来深深卷绕在汉语文化的历史处境和精神处境中，被处境镌刻，亦镌刻着汉语生命的形貌。当下诗坛，活力有目共睹，诸种写作范式纵横交错，希望和陷阱暗通款曲。也许，不必急着对此妄下论断。然而，对当代新诗创作者而言，如何在活力中保持一种能动的警觉，并努力于更新一个民族语言的美学认知，进而培养、发展出对当代世界善意的理解力，则是份内的责任和义务。

创造性的诗歌写作，内蕴着一种深刻因而不会被轻易捕获的自由。惟谦卑与之同行，共同努力，“不妨碍健康”，“不折辱尊严”（徐志摩）。

哑 石
二〇一六年八月

目录

AN DE

安 德

CHEN YULUN

陈玉伦

HE PIN

何 骋

HUANG HAO
黄 浩

HUANG XIAO
黄 啸

HU CHA
胡 查

LAI MING
莱 明

LI LONGBING

李龙炳

SHI BICHUAN

石碧川

TING YI

庭　屹

YANG XIAOYUN

杨晓芸

001

ANDE

安德，本名杨戈，

一九八八年生于四川遂宁。

现居成都。

安
隨

葬礼

我们就这样生活着并不断告别。

——里尔克《杜伊诺哀歌》

黑雾落了下来，你睡在木头船里
你又小又冷，你睡着，你的核
降落在小女儿的停机坪上

昨晚，我们已经斋戒，鸣锣，
焚烧失声的纸鞋
火明亮啊，那些被你从处方签中
抖落的词语与灰烬一起旋转

而今日山顶沁凉，空气中升起湖水
它们在你上面倾倒雪粉
因彻夜诵经而口含沙粒的道士
掏出罗盘，他手中的细线
俯视你如同一柄
经验之锯。但不妨碍有人哭泣
有人掐掉正在抽条的蒿草

石头：寒衣节。石头下住着我小姑：
四十二岁，乡村医生，身高一米四一
死后，大概是一米三九
现在比我们更陌生的冰片环绕着她
如植物环绕着它们的谜

海洋馆

星期天，我们去海洋馆
这里真大，干净，热推着我的舌头
和你的芯片，像液态制冰机

笑声拧紧发条，精密的海豚
猜一猜，肉体有多深，猜一猜
婚礼上有什么炖品

是吗？这是我头一次将手指伸入
真正的鲨鱼，羞涩是种静力学
正如圆心也是观看

但观看也无法拯救这假体
的不眠，我造雪时，你正沉入
微型耳鸣，像蝠鲼

一个人生活太久，在象限岛
看企鹅会勃起，浴室中
折叠，研究时空的降解术

现在我唤你，唤作
我们的海洋馆，深夜短信如鲸歌
送来匍匐的脏冰

白云宾馆

——致安吾、须弥、黎衡

羊年过羊城，空气都有了青草味
淘金北，批发的喜羊羊占领人行道

广州热呢，便利店已开始出售
冰镇靓女，入口即化的痒
看白话是摆画的繁体器官

报站声声辞旧岁，地铁跑不过红包
珠江原来卖票，小蛮腰竟是绿茶婊

丢，新婚养膘，买房治疗梦失禁
对折让骨骼里的冲积扇叠高一米

只是这云中生活太短，你我醒时续杯
隔壁雾霾，醉后沉入各自的粥上艇

“有晚灯，有早茶，这是头一日”
第二天风物乍凉，落叶裹紧隐身衣
魔笛手不关心宇宙，躲进小楼秘制成人玩具

南方的小旅馆啊，趁火车尚在杯底，我要
再唱段薛仁贵，为这冬季消肿的环形山
浇上几勺人造雪

紧致入口洞开，你收好便携地图
沉默不正是邀请，山楼粉堞
不正是镜中磁力的显形？
继续走，听从邮局，超市，小公园
听从中学校服口袋
忽然吐出的另一幅地图
在川沙或桃浦，一半的你
被观看电击，陷入尘封尿意
这肉体全站仪
怎能端出盆景大小的《格物指南》？
本地居民喜听磁悬浮尖叫
其秘密在于
风，可以抚摸，甜于可疑的“听从”
想拥有球形味觉，不如去
莉莉按摩，方言隔着安全套
造物的乐趣消耗着雪力
异乡人，你所借助的雪之力就是
汉语春潮堆积的入口
走在街上，银杏托来隐信
此中有争议，而你早就知道比喻
可以避雨，恰如沉默也是二手的沉没

故地

三年后，她还是会问他是否记得
两人结伴去的龙华机场
尽管现在他们帆中鼓胀虚无之海
却不能因此修改一条街的沙沙舌音
南翔，泗泾，罗店，桃浦……他独自
看过更多地方，学习微粒泳姿
学不会的是从曝光中脱水
把赋形交给常识，交给
缄默不语的万国旗
某次去滨江公园拍照，他真的
将自己弹射出去，小电驴像宇宙披风
寒冷爽身粉般附着，他
不再对异星负责
昨天她为他端出海的盆景，尤利西斯
爱上了三室一厅
“帕拉梅拉也是帕涅罗帕？”
关上门，“穷”这削尖的海魔方
转动锁孔中局部的他们
她还说起一件事，比如在松江
一所废弃医院里，他将“灵光”这个词
献给她，仿佛手指也是本雅明
而他仅仅记得在东昌路，崂山路
或是密云路，见到的麻雀不是一只而是三只

深海恐惧症

就在河边坐坐吧，空气浑浊，不安全
水草也比往年吵了，垂钓的老头
甩出的线又回到手上，鱼肉闻起来像电池

有冻过的扎啤么？冻的，冰粒开始
在耳液中滑翔，你的杯子被充满
泡沫看起来既热又美，要小心

微型的潜水员可能多棘。要花生吗？或者
给我们来一打姑娘，不要瘦的，嘎嘣脆
的那种，仿佛小龙虾，再深一点

就是她们的巢穴。坐渡船便宜，还有歌可唱
运气好，可以见到须鲸，它们曾经
让你的压力计多么惊惶失措啊

听说，你已经不再害怕吃鱼
所带来的旋转的水，那么让我们
再干一杯吧，过了这夜，我就要游回去

和那些溺死我的人一起生活

登灵峰山

登山，但登不上你小腿上的气垫船
为我一挥手，陈酿的风湿便跃出冰面

一路上——汗渍粘着汉字，这年味
臭烘烘，酸唧唧，蒸腾呀口袋里的修辞

端的好风！片片身体，吹落成泥碾作
饭盒，解一次性的毒，报一夜情的恩

你拍你的全景图，盲象摸人
我钓我的半空云，心相映，新乡印

据说本市房屋均不可高过这凉亭
恰城管打虎，小孩大哭，尿雨冲了违章沙堡

歇歇重歇歇，又要蒸出几碟莫须愁，许我
凭栏笑，为这城中山增高1.75米

波函数

夏天好，夏天便想起宇宙的甜
君自故乡来，只是近黄昏
我住肖家河，按摩女送来巨大冰块

她说，猜猜，二十三还是三十二
她说，到窄门来，到方程里来
她说，你我皆是雾中人，不逾矩，

饿了就睡家国梦
困了就吃车厘子

她说，我不在，你不在，将进酒，不要停
她说，伸手进来吧，你穿上的都是真的
她说，波也不是波，日暮客愁新

坍塌，便坍塌到夏天的小虫洞里去
把自己关进出租房，猫关在外面
等待衰变，但也不能既死又活

罗马假日[1]

又三年，雪风洗着隐形的内裤
晚来流行病，女房东为我袒露黑色鸟

埋下的指节纷纷绝迹
旧书店归来多梦的乡船

因我变色的瞬间
因街道疏松麻将

午后的武侯，精装修赫本
离开家乐福，向我们出售死星地图

1. 指罗马假日广场——成都高升桥东路商贸市场。

夜饮

旧居她有新生的痒
毕竟人造谷地，素描孑孓

小夜煎针果，读杜甫
借来山水失效，收拢于你无袖的风口

我羞愧杯中自有闭环
我羞愧握住的力被词缝没收

别了门声，别了风尘兽
猜猜是谁咬破这黑暗的黑

002

CHEN YULUN

陈玉伦，

一九九二年生于浙江台州。

现求学于西南交通大学。

陸王化

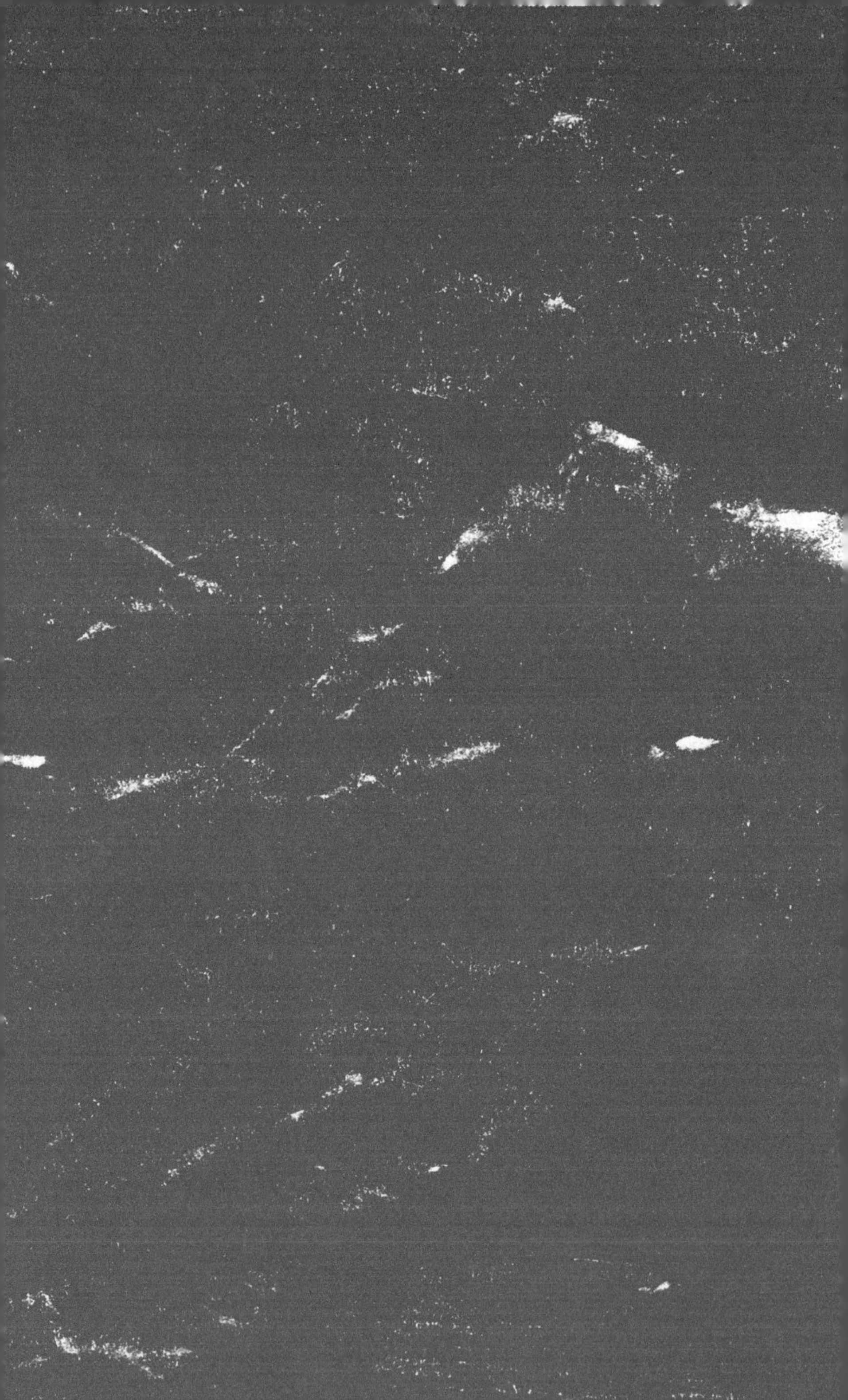

旅行

被子堆着，像已崩坍过的群峰
幽暗的山洞里可能走出一张持斧的扑克
独坐一旁的人，醉心于这场戏剧

走出去吧！偶遇一位优秀的模特
世界穿在她身上如此美妙
打招呼吗，向五月的图书馆

迈上阶梯，这就开始进步
苍蝇的莽撞，不是因为失去脑袋
有一百只眼睛成了孔雀的尾巴

赫拉在对座，把一本经典藏在裙底
她的波浪让我有点想念群山
有一个人啊，将被K的利斧劈成两半

病中

屋漏偏逢千秋雪
为了活下去，他必须骑马
必须穿鲜亮的新衣
冒着生命危险
去死上一次

在夜里，就用雪
擦一擦身子。那是学老聃
或一个日本士兵？

“快停下来！”
那他停下来了吗？
反正他的眉毛、裤带
和呕吐停了下来

我递过去的那杯水

也快被一副心肠煮沸

闭上眼，眼珠

能感到身体的温度

那也是词语的温度吗？

那恰是昨夜灯火将尽

灯台的温度

那时，为了生活下去

我为他再摆上了一盘棋

晚歌

酒气吹寒气。你用鼻尖
搅动湖面的月影
九点钟缩小
秒针枝叶般坠落
长椅上，来试探腿骨的比热

你递过来，一个拐角
和一种尺寸。弯腰时
吐露一帧经年的插画

比空气的干渴，更引人入胜
更想伸手，去摘下路灯上的橘子
叫甘甜溢出
把黑铁块浮回头顶

再去摘，一颗陨石
到唇膏里淬炼致幻的铁轨
我们，就这样滑下去，滑向
一九九三和掉漆的湖面

贝齿刚游回来
那月亮，就缠住了我
仿佛蛇，咬到自己的尾巴

挽歌

昨夜如你“简短”的阴毛
还没有人起身去发明电灯
行房也匆匆，行色匆匆
小透明，六点
别穿上琴箱离去
又走向法兰克福广场

在墙上留一个挂钩
我就能小心地把这房间提起
为什么急于穿回
那些过时的花样

别走近，水族馆
移居至此的水母先生正在造冰
我的墙上，垂挂着丙烯的海洋
那是邮票，也是信纸
寄出水面追赶的脚步
比早餐的刀更快

要想起来吗，昨夜里
你摸到的双眼
也许正是我的伤口……

站台，在雾中停泊。那街道
也不必恭敬如一根琴弦
现在，我希望四下无人
希望你双眼有神

可人群中，脸和嘴渐次亮起
你反锁了自己，从身上
抽出一根枕木。再等会儿吧
等飞蛾扑灭里约热内卢火灾
早上，敲响我厕所门的
猜猜是哪个回旋的托马斯

下午

一双蓝色的长腿坐上了小竹椅
这画面有点不协调
我记得这是老女人们喜欢的椅子

一整个下午，你把纸片折成翅膀
相比于我的笔
你的双手多么有力

我们开始接吻
把一盏灯涂成黑色
有几双翅膀掉在地上

你要把它们送给病人
而生病的可比它们还多
它们刚见证一些生命离开了身体

大疯歌

你说我偏心，就好像
你摸到了，我的心脏
也有一个尖

知道拿自己的小对准他者的大
那什么是大呢？
大同，大连，大脸？

大一小学妹也大吗？
师姐（世界）这么大
我想去看看

减完肥，你是大衣小学妹
不成功，是小衣大学妹
那该是去大同还是大连呢？

或者直接《到大马士革去》？
奥古斯特·斯特林堡也《在罗马》
那里有奥古斯都大理石的心脏

妆台

我在妆台上养一只红润的苹果
一天天我看它衰老，褶皱
于是心中有了些释然
像一个男人已在槐树的蚁穴旁睡了一觉

瓶子，碟子，小盒子，世界的器皿
和色彩，让人倦怠
台上的镜子会先我而碎
或将再映照一个人的悲喜？都不去理

我的眉毛有些直吗，另一种美，兔子
一样的生活，却拒绝悲伤萝卜
再去饰演一出戏
或者，重复明代桃花扇的眼中之眼

琴声，世界已很小心地去精致了
我也要假装安静。想起
年幼时采花，被父亲举过头顶
还不懂去摔碎镜子，那时我是细小的胳膊

某夜

风有时并不懂我们的语言，银色的李子来自波兰
树叶不惧黑暗，可有无际的月色
叫卖声，车铃，钥匙串的声响
水，水，什么日子是雨，什么日子又是雪

手抓饼摊的烟熏出无限泪水，猫很冷
我们有时活着，有时又死去，在七号和八号教学楼之间
那些卷发的和直发的柳树，有时也燃烧自己（已过了左边时代）
水面上有些东西显现，你仍坐在那儿画画

九点半，沉默的拱门和暗红砖块构成世界
而我，当下社会形态最后的一个孩子
读完了这个月，将合上眼中的秋天，观赏了每场节目
又但愿舞台赶快拆除，某个妇人窥视特利尔

翅膀开始摇晃，葛兰西的静电在摇晃
在江边，在昏暗路灯的夜色下
一对男女面对蹲着，那女生抽泣，“你急死我了，你不要离开我……”
而我像一个盖世太保披衣经过，不调查发生了什么

阳台

冬天，在我的阳台上
一只捷克-斯洛伐克的导盲犬
一闪而过
晾挂着的党卫军军大衣被风吹起
跳舞，我听到楼下有人在喊我
的名字，我偏不答应

干枯的树梢，渴望天空
却不能相互牵手
我又听到了那个呼喊的声音
我就不出声
我想起了昨夜一张深陷的床
还有那些无所谓的辱骂

阴性的太阳，我不喜欢阴性的太阳
很不喜欢
说起德国，也许我知道军械学院
或者慕尼黑啤酒花
那个声音依然还在呼喊我
我不答应，眼眶含泪
如果我答应她就将失去了整个祖国

行路难

在溢出的图纸上，痛并不痛，痛只是你
你同歧路拔河，像一把钥匙，捅着水泥

左边，洗衣店、豆腐脑摊，咬住了对方
而脚趾的品德，须承受蜂巢的触手

水枪阵阵，献出水的拉链，也好过
割草机，那盲目的歌姬，整理我的发型

直到键盘上坐下，舔一舔泥泞的焦糖
我再看你，那是吸管中窥豹，是能出西施

003

HE PIN

何聘，

一九九五年生于江西临川。

现居成都，某高校在读。

海心沙

爱丽丝仙境的永夜，我打开你的浆果之唇。
意义如一架水滴，在波光中飞升。

当时间也成为身外物，还谈何失去呢?
宇宙以其无限，质问无限的可能。

你请来小小的海马，在蓝色中掌灯。
我再不说谎啦，指证月光下裸泳的人。

要逃，就逃到平行线的终点。
就牵星过洋，掀起千万银铃摇摆的细浪。

爱的迷思，比冬天的博物馆更加空旷。
每一颗心都曾囚禁于引力的波痕。

地下铁

“现在，这世界就只剩我和你了。”成都的夜晚，
纯净得就像玻璃汽水里的冰。而被褥上，
时而飘来的阵阵不成熟的米香，又使人很轻易地
品尝到一种温暖的错觉（或者说，
这就是梦的滋味？）。但生活的真相却是——
当我像这样直挺挺地躺在床上，不发出任何声音，
不翻身，甚至连动也不动，我所能感受到的
只有一面缓缓倒向我的，白色的墙。
毫无疑问，美是匮乏的。而这
恰恰是生活的全部。
闭上眼睛，我看见的也不过是另一片
虚无。另一个自己，徒劳地存在着。
徒劳的他徒劳地用手臂去推那扇
根本就不存在的门。可是除此之外
又该往哪里逃呢？即使到了明天早上，雾气
也不见得就会散去。即使
我能聚集起一万个徒劳的自己，
躲在梦里，勤奋而诚实地去建造那通往墙壁之后的
地下铁，我也注定将无法抵达。
太遥远了。成都的夜晚，
遥远得就像冰块里相互取暖的我和你。

烧仙草

美妙的时刻，总在红灯后头。
莫说夜凉，黑色的人影让人寂寞，
就算下点小雨，又何妨呢？
想想六年级，奶油蛋糕上的小伞，
和你钟爱过的母亲的湿发。

雨天的窗玻璃看上去也很甜。
不过为了某种和平，我们最好
都别去尝它。喂，二十岁的男孩
——好像有女同学在轻声喊你？
疾驰的出租车飞鸣着喇叭。

溅在裤脚上的，清凉而细小的泥，
似乎来自于更加遥远的夏。
你望着马路出神，就像多年以前
蹲在地上紧紧盯着弹珠那样。
父亲是永恒的另一个圆。

瞬间瓦解。当人群向对面拥去，
你催开了几株徒劳的迟疑。
哎，美妙的时刻是沉没。
寡淡的日子，吾之良师与益友
回头见，我去街角买烧仙草。

红房子

我又经过那排红房子。
和往常一样，十多扇红色的木门
只有几扇开着。
这没什么不好，
我拥有了更多扇的想象。
给一扇门一个穿碎花裙子的
姑娘，给她瓷器般的肌肤，
银子似的笑。
给一扇门一面雪白的墙，
给墙挂上一幅王维的山水画。
再在画上，
轻描淡写地绣几缕灰尘。
给一扇门凿一个隐蔽的暗道，在某个
月圆的晚上我们推开
——就撞见悬崖和大海。
还要给一扇门一个空荡荡的房间。
（或者说空间？）
在那儿我什么也不放。

我就这样从红房子边走过。

天色越来越暗，

昏黄的灯光从门缝里流出来，

浮动着嘁嘁喳喳的声音。

这朦胧却使我看得真切。

盛满了我的爱的红房子，

沉默如谜的红房子，

只不过是一颗带苦的枣核。

那些女工戴着口罩，

在云一般厚的棉花堆里

低埋着头。

她们专注于手中的活计，丝毫

没有注意到我。

给一扇门一个不太荒唐的幻想？

十几扇红色的门，

在我身后开了又合。

我就这样从红房子边走过。

峨眉山

从山顶上下来的时候，天已经放晴。我手里紧紧攥着两个廉价的菩萨。一个朱红，另一个则显得稍稍黯淡。细长的红绳相互交缠，就像是春天里那些欢爱的罗网。迎面，我看见一名不谙世事的

少女，她甚至比东风里的香火还要沉默。小林神从潮土里挖出了自己的名字，她欢快地跳起舞来而我记忆里的一片阴影，正酣畅地饮着露水。夜从她的眼波中浮现。那时，我们有洁白的炭压着

黑色的雪。我们的欲望正大光明且纯洁，污秽的仅仅是那些婴孩的双眼。千万种变幻。观景台上日出，是多么美啊。我努力拥抱云海中的你，但这一切的一切，却像是在垂死前的幻想。仿佛我

我毕生都在幻想一束遥远的光。悬崖上的鸟暗了它嘴里衔着的，少得可怜的三根柔韧的爱，熄灭我已再不能点燃。我明白，这世上总有一些雪我无法触及。即使雾气散尽，我也不该指望能彻底

把她看清。在忧郁的词语之下，那苦涩的暗泉里
沉睡着荔枝树的芬芳。可就是在这样无助的时刻
一个如此可怕的念头在我脑海里萌生：从明天起
我要照顾她。她的山穷水尽，她的柳暗花明，我

都想照顾。然而，我究竟该怎样和一座山相处？
万能的生活，从来没有给过答案。从报国寺去往
雷洞坪的路上，她越来越近，天却变得越来越冷。
竹杖热吻着掌心里的惆怅，而她的秘密

是阁楼上蒙霜的窗
——除了冰凉，还是冰凉。

夜航船

也许人生中并没有那么多变幻。
使我感到苦的，永远是苦；
它们一刻也没有变甜。
茫茫的海，不断重复的日子……
意中人的唇，终究还是涩的味道。

今晨的美梦，犹冒着热气。
仿佛我是远游归来，“哗哗”的水龙头
讲述异国情事。而闹钟是边陲刺史
朝我怒斥，闪亮的早晨
岂能就这样扔进编织袋里？

哦，碧海清波，碧海清波。
在荡漾以前，愿我能洗干净头发。
友人将赴另一场宴席，
奇妙旅程，已在另一条船上等他。
彼岸何其辽远呀，不如俯身

为影子捡几首舷歌。怎会落寞？
我和我虚度欢畅的时辰。

友谊花园

同心共筑中国梦的伟大时刻，
我骑车，经过一片又一片蓝色铁皮。

地火似乎比昨天又亲切了一点，
水果摊前撒上白雪，城乡接合部

的伤口似乎就美了一些。流云轻逝，
抽屉终究没能锁住南海，我吐雾

满腹狐疑，对着柏油马路发呆。
车铃如门铃，1626公里来拜访，

无人应：镜中是黑白客厅与厨房。
斑马或纸老虎，皆形式主义；

人往高处走，妙不可言的虹吸。
落日下的广场舞见证新时代的

友谊。前方正施工，不在家的主人
留下字条请我绕行。何处去？

塞纳河畔是一座灰蒙蒙的小区。
中年妇女凸显出臃肿背影，运沙车

移动的花园，盛满风尘与爱意。
我回首。二十年前的秋天他还只是

一颗种子，哪里料想得到日后的疯长？
苦恼啊，苦恼是思想的果实。

庞[1]

你永久失去了色泽的目光，

或许将惊异于某个虫鸣鸟啭的晚上。

我们匆匆地赶来，又匆匆地离开，

像阵雨履行世俗的看望。

我们带来稀薄的云。一叠叠地燃烧，

直到它骤冷下去，化成灰烬。

那些浑浊的烟尘可曾把你呛醒？

你睡得这般深沉：带着痛苦的心事。

热闹总是一时的热闹。我们
在你的庭院留下脚印；仿佛那是多么
珍贵的证明，取材于颓倒的野草。

“有些风像我的子嗣。”或许你感到
一丝清凉。啊，世界曾经短暂地小过。
小如此刻，一些词从月亮后面跳了出来

在寂静的群山之间舞蹈。你是庞大的
歧义，为了容纳它们
不得不退席。

1. “庞”，外婆的姓氏。在临川方言中“庞”与“彭”同音。

迷途

我做了一些奇怪的梦。那些原本安分地停立在我肩膀的
鸟儿，不知受了什么惊吓，竟逃命似的
倏倏然飞到你家屋顶上去了。你的房间亮着灯，门
是虚掩的。一把生锈的斧头别在我的腰间，一枚
发黄的月亮，贴在天上。

七点一刻，我手握一座空城。自行车鲜艳的
铭牌，在雾色中闪闪发亮。
一个月前，我从夜市小贩的手上把它买来。那对皮肤黝黑的中年夫妇哦，
直到接过钱时，脸上依然挂满哀愁。

我的后座上并没有人，过去没有，现在也没有。可是为何
我感到沉重与恐惧，寸步难移？坛子上
细小的花纹在飞快地生长，木屑和灰尘
有如野火般蔓延。

太阳升起，光芒万丈。而我在一片阴影中停下
水争抢着从坛子里流淌出来，我看见
一个笑脸盈盈的你，一个虚幻的你
滴落在我的后座。
你说，“走吧，带我去那里。”

过抚北大桥

I

那是一个很近的黄昏。放在茶几上的
橘子，仿佛永远也吃不完：整整一个冬天，
我在房间里发呆，一瓣又一瓣地咀嚼
从郊区公路上传来的粗厉的笛声。
它可能来自某位骄傲的行长，
决不允许，任何坏账挡住他的前程；
也可能是爱穿夹克的青年所奏，
追赶着日落，高唱起新生活之歌。
甚至，它就是蹩脚诗人的一个无聊时刻，
厌倦寂静又无法弹出美的声音。

当亲戚们登门来拜访，为那深情与厚谊
我也不得不推开门走出去。
在客厅，春风吹来众多的哥哥和姐姐，
幸福来得如此突然。我努力回想，
其中有哪一位，我们曾分享过
撒旦和天使呢？似乎我们都更爱祝福，
更爱说：事业有成，学业进步。
“天气太冷，家乡的橘子今年只卖到六角钱。”
二十岁以后晚餐匆匆，新闻里
男中音正娓娓道来古老的传承。

II 你坐在沙发上打盹，父亲。

白衬衫因呼吸起伏而现出褶皱、弯曲，
像沉积岩，像低吼着解冻的河。
我放轻脚步，如初次进动物园般谨慎，
多少年前你带我领略这自然的神奇。
你的双手低垂，额头已不再年轻，
而我却仍然是那个胆怯的孩子……
透过乌黑的栅栏朝内张望，
二十一次，曾经是野兽的恓惶，
如今是小人物的命运。

“奋勇呀，然后休息呀。”父亲。
直到一声电话急促地响起。
有时是麦芽花盛情的邀请，
有时是方桌上排列组合的游戏。
当明月高悬，你踏上漆黑的楼梯，
我侧耳倾听你旋转的那朵乌云。
比梦境更让人不知所措的，是往事。
你喝醉了，你耿耿于怀，摇晃
你日渐消瘦的身躯，就像是在闪躲
2002年的那场骤雨。

III

红色摩托车上的女孩远去了。
和所有伤感小说的结尾一样，她有
一个永恒的背影。从亮着大屏幕的超市入口
到车流拥挤的河西桥头，她是城乡
接合部的微型彗星，迅速掠过，
却被荒凉的日子赋予了生命。
而后又是什么？爱情，或者新的偶遇？
我转过身，想起一位故友的提醒。
人是充满诗意的天体，但生活，
“生活是件真事情。”

我们曾在更远的公园散步。那时，
宇宙才刚刚开始。光线柔弱而幼稚。
一切都是新的，一切都像是
一场练习。铁盒里的小蚕，
贪婪地咬噬那片嫩绿的叶子。
你爱三国卡，在假山下要小聪明。
我用细绳钓花鱼，牵起一片泥泞。
不用担心回家后没完没了的叹息。
至于凉亭呢，冷水沃面后
海淀和黄冈送来奇异的树荫。

IV 在今天，抒情是最普遍的糖尿病。
鲈鱼臃肿，广场上跳舞的身影，
亲切地回应铜镜中那位慈爱的歌女。
而暴力未死，悄悄披上新衣。请把门关上，
尝一尝母亲的厨艺：这是“红烧”经济，
那是“干煸”传销。哦，小小的餐桌
怎么放得下这么多隐喻？

“走好自己的车道！”过抚北大桥，
当我试图超越，父亲发出严厉的警告。
满载的大货车和空旷的公交车
相继从我对面驶过。机器运转，太阳西斜
反光镜中移动的那一颗，大概
就是城市之心。快到家了，我用力
按响喇叭。我能不能叫醒他呢，
那个已经偏移太久的人。
阳台上晒着衣服，二月的风
正轻轻地吹拂。

004

HUANG HAO

黄浩，

一九八六年生于四川达州。

现居成都。

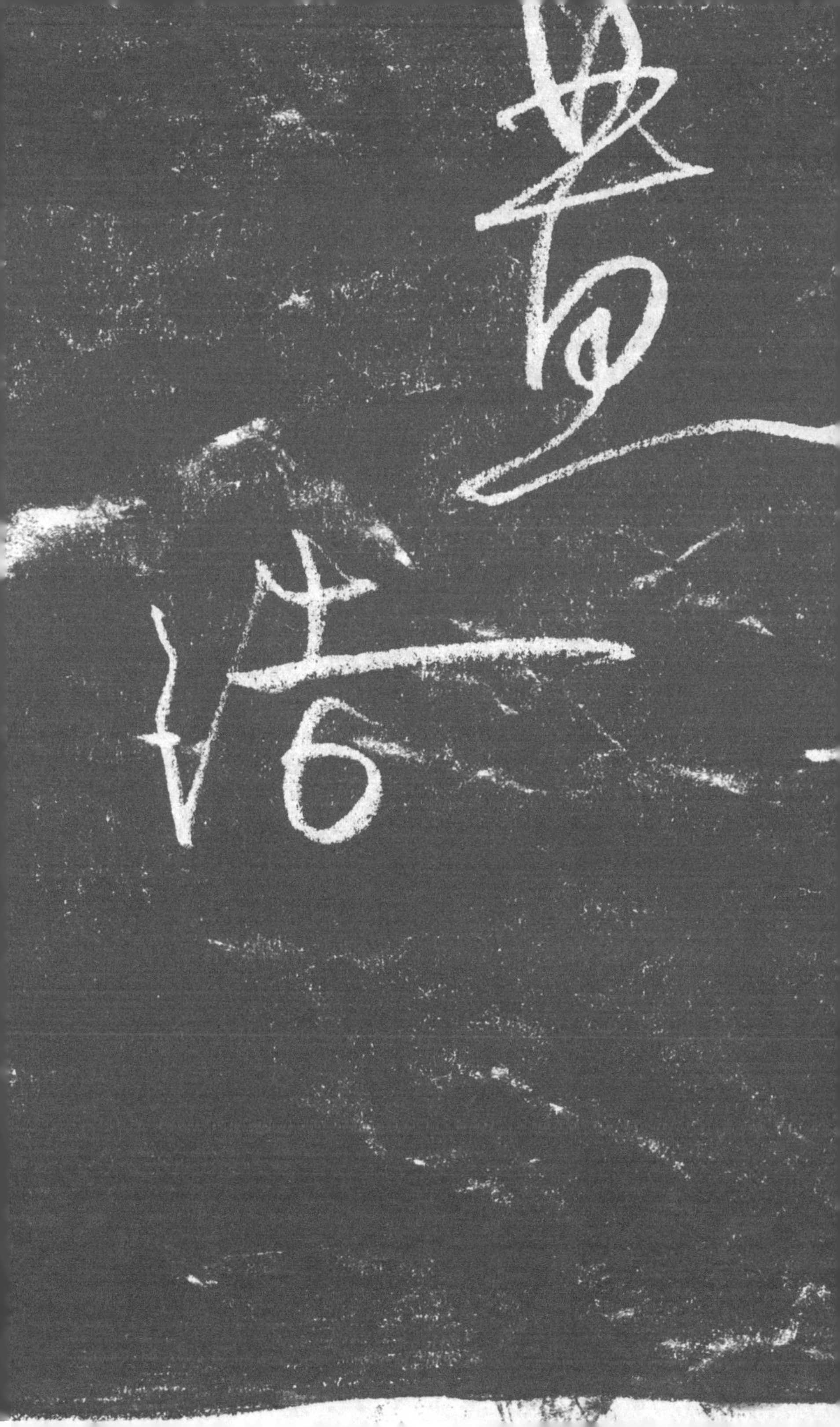

望江游园

白鹭在飞，从树梢到水面
仿佛我的对立面，以仰视的角度
望向你。水面被白影划破
仿佛你脸上的酒窝，驱散秋天
我们谈论薛涛和元稹
是文学分野了爱情
还是流放在推动爱情的离合器加速旋转情？
床头，新制的纸笺凝结着
美人的蜜汁。一前一后两对玉足
总是在月光下唱和
寻觅新的对偶句
如今，当芳踪已成芳
我们仍踏着古人的小径前来寻芳
微风浮动，银杏向大地凝眸
是否我们是在践行未完成的契约？
晚霞披散在晚秋的亭台楼榭
光影移动，恰似沧海吟咏绝句
也像宿命，勒红了耳根

捕蝉者

十一月，雨南移，树叶就“哗哗”脱掉了

远处，大海翻腾着积雨云
近处，几间低矮的茅屋
被炊烟
折腾得死去活来

但这并不能说明眼底的事物愈发清晰、明了
相反，更多身份不明的事物
为了抵消亲身所经历的痛楚
会选择埋头沙中

其中一个环节或许发生了纰漏
但悄无声息者已经插足进来
它敏捷，蒙面，持刀，满村庄搜寻敌情

生日诗

二十一年，七千六百七十一个日子
二分之一的时间耽搁于夜
过得平平无奇，思维上了锁，变成小狗
三分之一的时间
我需要通过助听器
母亲的乳汁，父亲的嗅觉
才能辨清事物与事物之间模糊的边界
二十一年，还剩六分之一
都做了些什么？
四川东部，大巴山峻朗的山脉
我则像只蛤蟆蹲在荷叶下
深居简出，做一个观天的王者
有嘴的青蛙，没脸的鸽子
还有一块无意飞过的生铁，未经淬炼
含有少许粗盐，草灰，白水
黄牛犁过，耕种越来越可口
但现在快到秋季，群山闹着饥荒
河流没有源头，植物被枪决
动物都在陪葬，我也和你们一样
哦，我的臣民

行走诗

乌云注满天空，雨就要来了
我没换衣服就赶着出远门
由此可见，我比别人
更懂得在什么时候能够遭遇骨头里的冰块
空气中飘满了火山灰烬，它看上去
像明信片，咒语，垃圾
但这并不是我想要的生活
回想这一年
曾经的它干净，坚硬，明亮
但现在，它是我的对立面
并不是一种单纯的镜像
我在灯下赶路，它在四周围攻我
来不及完成最后的旅程，就闯入一片暗影

读波得莱尔

读你的作品，我想那是
一种夕阳的哲学
那黄金的大海闪射着片刻宁静
如我习惯的乡土音
你的公众身份是
受造物中渺小的一份子
是一台粉碎时光的机器
是去往印度的破浪风帆
是载满整整一船的洞悉
是好闻的多罗泰气味
是累斯博斯公园里松香肆意的长椅
你坐在那里静候
拄着长拐，像疾病缠身的老国王
是坚硬的学问，制服的音乐
精致的尘土，书籍的辩论赛
荷马，但丁，蛇的骨节和豹的爪子
读你的诗，那故事也
悉数发生在我身上
我怀里也包裹着一个巨大的国度
我读着，也走着，每走一步，身后就留下一个瓮

登高

登上高山，该看看
与河流并行奔跑的村庄
在那里，我比任何时候
都要懂得“激烈”二字的含义
水面辽阔，云海
像极远之地的一个闪念
抽打着我们的颅骨
一路上，野雁低低地飞着
桃树、杏树、李树
也都参加过这场争夺
但我没有时间去争辩
谁是谁非。雨水敲打着
他们的头。他们的头
一个比一个垂得更低
站在高山之巅，我该用什么
去书写各自的云雨史
你看，现在我双手繁忙，指头
像新结出的谷穗

三十岁作

长夜将白，我也将起床
去翻新香匣。三十年来
焦虑满额头，我身亦老身
回想旧时，添新衣
今掌新灯，对旧影眠
历历在目的，还是那些
人物、角色、相同的剧本
我也还是那个俗名唤作
“秃头阿三”的臭道士
鼓荡着道袍，骑青兽而来
唱一出人间的妻离子散
镜头里，宿命仍然与我作对
仍半辈子失神于殿前考
如果将时间，延长到千年前
秃头的故人，或许就是哭国的良臣
机巧的谏言，坏死在喉头
语言的机关术，终究还是虚无
与其被庙堂禁锢，不如放浪形骸
去江边虚构一场恸哭
招魂人，踉踉跄跄走细步
研墨者，挥毫著说等身
既然长夜将白，长歌当哭
不如隐匿此身，去庙宇里
焚香、拜佛，将人生压缩成速成饼干

史蒂文斯和俄国的一盘桃子

史蒂文斯用他的病状品尝一盘桃子
像嗑下一粒微甜的药丸
他的干脆引起了大夫的猜疑
他幽雅地吃掉，并吐出核来
大夫捡起，认真地嗅了嗅
熟悉的气味，似曾相似的幽雅
像捡到一枚沉甸甸的金子
他的眼中带光
测量西伯利亚大雪的仪器
摆上饭后餐桌的水果盘
在史蒂文斯湿润的眼框中
他黝黑的眼睛则像另外一枚
被人遗漏的桃核
我在他的诗集里数次碰到
我认识它们，并高兴地数了数
前后一共三粒，像乌鸫的眼睛
带光，毕生牵引着跨越海沟的人们

残骨

体内的矿场，有镜子却照不见的密室
若干事物中闪电一样击中我
若还能搜集到被雪藏的药方诊治
我就怀有泪腺，畏惧，颤栗
这些旁人知道，但从不会去苛求的东西
就好像现在，一列火车暂停月下
谁向川粤两省的“裂缝”大声说拜拜
谁就是我渐渐松动的骨质

假想敌

有些时日，飞去如车流
比如跟她探讨里尔克的夜晚
在语言的阵列中，我们早就
准备好了一辈子为敌
即使在生活中，我们也要做
既亲密无间，又永不妥协的一对
在她受孕的第一个月
她把你比喻成会飞的天使
灵巧地穿梭在四座城市
我却说你是蛾子，有跟我一样
遇见灯火，就有猛扑过去的决心
第二个月，她说你是一团水
在流动中，汇集成强大的力

我却说你是我体内的骨血
有跟我一样齐平的心率
这些年，我用深渊或者磁暴写诗
她却看重温良、温度和温热
这些年，我用一把可大可小的镊子
和一把谁也看不见的刀子
肢解词语，她却用手指缝纫词根
为了你，我们用相反的向度劳作
就像氢气跟氧气，如果一起遇到火
就会粉身碎骨。直到死亡遇见你
直到我只会调度阴平，她只会辨识阳平

005

HUANG XIAO

黄啸，

一九六九年生于四川新都。

现居成都。

六十年代

后来，父亲的声带刮出铁屑。
他用复数：我们。
我仍在那些挥动的手臂中找到他。

我叫他回去，说母亲一个人在家。
他听不见，他继续涌入人流。
我凑近他耳朵，朝他猛喊：
我是你儿子，我双胞胎妹妹在生病。

他听不见，他转向另一条大街。
我哭出声来，我说我抄出了你十公斤的
悔罪书，就在那张破书桌里。

父亲拍痛了我的肩：别哭，同志。
最后一次，我攥着结婚证，
跪下，求他回去主持婚礼。

他看着我，看着我，猛然跑开，
我来不及把糖果塞进他的口袋。

孤城

在云上建一座孤城，正如
有人埋在地里，不埋在土里。

这不是我们的语言，
我们如此肥胖，而非如此沉重。
轻松，而非轻盈。

尽管，我讨好过《金刚经》，
也暗地讨好过《圣经》。

我没有被分裂，依然国土般
统一于猩红的印章——
从小学到初中，从高中
到大学的每一份毕业证。

我不必声讨，我继续活我
活过的生活。像笔直的公民——
把死也流放在国家的尘土里。

识别码

我的头发已然花白，
终将全白。惟愿正寝前
老年斑宽恕了这张纯种的脸。

写过的东西
和还没写的东西，
想来小于母语，而祖国辽阔。

我偶尔带出陌生的词，
因意译而空洞。
你可以跳着读过去，
假装半条腿的瘸子。

你有权指责并敌视，
但我不打算删除，我在那儿。

一个杂种，二手文物贩——
我以全部的内脏起誓，
我像爱外科医生一样爱你。

养生课

对人和其他任何生物，
即便钟表上的明天——
可能性也首先折扣百分之五十。

倘若正患小感冒，
或因雾霾而呼吸道感染，
甚至要再降百分之十。

癌症患者，癌症晚期患者，
我愿意在统计上为此作弊。

而头顶，最小的星
也活过了最陌生的人类。

我不计算自己的明天，
我已不像一张白纸那么勇敢。

把百分之五十变为百分之百，
或者把物理学的明天变为
隐喻的明天——不，所有养生节目。

主持人都半副苦脸：
百分之九十五或百分之九十六，
可悲的是，我们正无限接近
那个梦想，——但已经够了。

斑马线

今天，我写轻松的诗。
云归云，树归树，
将动物的野蛮等同于
萨福明亮的诗句。

拒绝隐喻、暗喻、转喻，
既不反讽，也不魔幻，
远离现代派诸多手艺——

重读我的小学，
把历史课当作数学课。
国家红线——不，我走斑马线，
并每天向家人保证我爱他们。

仅保留半个比喻，只为星空
还在冷漠地燃烧，
只为一些事另有算法。

为一本书而作

抽三支烟，三次
向云格尔致歉——
《死论》我早该读完。

这件别人的事，今天
暂且让它是自家的事。

为此，为这一厘米偏离，
必须点支烟向自己致敬。

至于明天，及更多明天，
我用不着如此深远——
这比一屋子烟雾还呛人。

好了，云格尔，你回到
你来的地方，我回到汉语。
我的汉语有时我也听不懂。

修辞学

放心，我回不到昨天，
暂时也去不了明天。

与此类似的文字游戏：
在新都西环路，就不在新都东环路；
在桂湖摩尔广场，就不在别的广场；
陪了龙炳，就陪不了陈建在法兰克福转机。
（如果他传来明斯克的冬天，
我如何辨认那不是我们这儿的雪？）

更多时候，恰好置换为某种幸运：
在自己房间，就不在策兰
或所有别人的房间——
我同他隔着晦涩的词源。
我有幸不那么深刻。

但如果写作，就一定被要求
“成为更多的人，更多的命运”。
虽然，我无分身法，也无穿越术。
这饶舌的情怀，在西环路
难道不更像哑巴傲慢的修辞学？

压缩机

这是第九周，一学期的二分之一。
开学的第一天——昨天——
刚从一个假期回来，
还有人在抱怨
这趟烂在铁轨上的火车。

他们每年如此。
我们年年如此。

我庆幸我在每首诗的后面
标注了日期，好让自己相信
有一些日子我没有白活。

其余的，那么多——
我已经无法呼吸它们，
像灯泡中抽掉的空气。
或者被压缩，为了身体
配得上那精巧的盒子。

其实，和你们一样：
就算我每天为此工作，临终前
手稿足够打一副上好的棺木，
我仍然虚度了我所有的光阴。

圈养之地

想到自己快活了五十年，
并不比想到五十年后好受些。

就算老天对我独自慷慨，
默许我成为这颗星球上最长寿的人，
但我要不了比死
更大的数。

在读小学的时候，我就被警告：
不得迷信它的恐惧。
而犯癫痫的同桌，正好成为
我们顺手的教科书。

当他倒伏着熟睡在一条小水沟里，
全班都领到了红色的毕业证：
那枚胎记。

从此，是的——从此，
我们被圈养在这个无须畜栏的国度。

创世纪

在他死后第一百五十八年，即
人类逃离地球的前一年——
原谅我吝啬，人数不超过十万。

终于找到一颗新的地球，
曾经的土壤、水、空气，
曾经的森林、草原……

牛羊当然成群，
鲜花当然盛开。

总统们、主席们纷纷宣誓，
要创造新人类秩序，并许诺和平，
连邻居间小小的纠纷也没有。

幸福与贫穷，将被天平分配，
且精确到小数点后第九十九位。

唯有公正，和更多公正；
自由，与更多自由。

傍晚，蚂蚁的眼睛下了一场暴雨，
它差点被自己淹死。

一切就绪，如同创世的第七天。
每个人都如此踏实——
仿佛私藏了比对方更多的武器。

006

HUCHA

胡查，笔名弥赛亚，

一九七三年生于四川广安。

现居广安 。

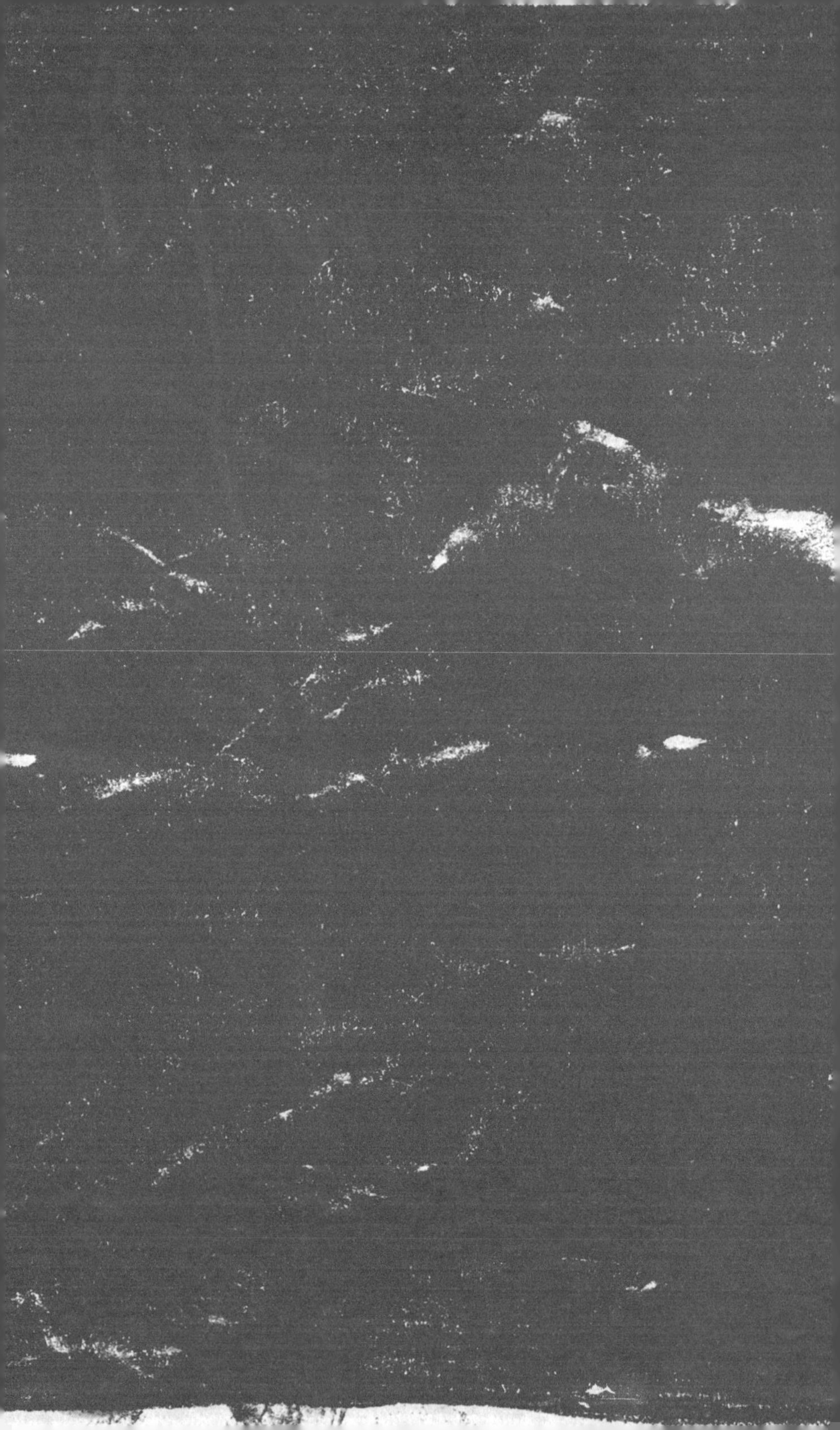

一枚枣

我从一大堆枣子中
选了一枚来吃

我挑中了它意味着
它也选中了我

半生囫囵，一朝相逢
我咬破它的皮囊，它进入我的肉身

脱离了躯壳的枣核
有寄生草之苦

如同我赤条条立于世上
有面团之形，亦有锥子之意

有损

切掉白菜的根部
砍开牲畜的头骨
他们是“切”和“砍”

削一筐土豆直到手软
劈木柴直到冬天到来
他们是“削”和“劈”

还有“剔”和“剜”，“剐”和“剁”
一把刀，在世间消磨着铁
铁又消磨着锈

原来的东西变成现在的

不明白的事还有很多

再见吧，但不要再见得太快

别离无期，怨憎有时

爱恨自有分寸

先是舍不得，然后是求不得

我们有共同的蒙昧之心

薄雾遮着月亮

空穴来风，置若罔闻

丙麻[1]

太阳还没升起
山谷弥漫着雾
猪在清晨醒来
远处飘过怒江

石头边栽树
后山沟捡柴
夜里听虫叫
果子滚落坡

寨子里的人
活了一辈子
先燃起炊烟
再点起篝火

这里的人都有张
黑黢麻红的脸
到死也洗不掉的颜色
在这烟熏火燎的人间

1. 注：丙麻，云南省保山市的一个乡。

虚线

从山上看下去
那条河沟
干得差不多了
露出的大大小小石头
顺着山谷排列
像一条虚线
今年冬天，我和几个朋友
来这里拍照
从取景框里看出去
满目枯枝，遍地淤泥
我们像几条蚯蚓
迤逦而行
是淤泥外的另一条虚线
走到山脚下的时候
我听见有人在上面叫我

定风波

很少有东西

能像天空那样，完整而空虚

自我满足的时辰

东南西北，忽然吹来了风

偶然迟到的雨，轻轻敲打着竹叶

鱼浮于水，人浮于世

谁也不会是永远的漂泊者

在一条弯弯曲曲的山路上

樵夫遇见了和尚

吊民

吊在单杠上的男人
你离地球远了
然而这并没有什么卵用
你离天空仍然是那么远

为了和他不一样
我把绞索
轻轻套在了脖子上

无始

扫地的人
来到我们中间
使我们成为落叶的一分子

煮鹤的人
顺手煮了一壶好茶
邀请我们来围炉夜话

极少的雪落在梅花上
更多的尘土覆盖在公共之地
焚琴的人望着火沉默不语

我们是说不出的话，流不出的眼泪
一生有迹可循，却无枝可依
十里之外，我们是自己的附庸者

小雪的冬天
客人结伴经过小城
行一段路，过一条河。众生匆匆，犹如枯鱼

波澜

月光起微澜
我跟身边的河流打招呼
向水缸里的自己问好
允许适度衰败
允许秋天的梧桐树再活二十年

每次在人民公园外
停下脚步
都会想起翻腾的大海
整个世界在起伏不定的床单上
显得很脏，像一个下流的字眼

往常的那些细枝末节
比发生过的大事还要清楚
记得我小时候
曾在锯木面里埋过一件东西
现在请你把它找出来

不久是波澜

星球漂浮。万物吸附于
各自熟悉的事物，久久不放
这过程太久了，以至于我们都忘了
随时可能掉下来

能掉到哪儿去？
我心安理得，你忘乎所以
要知道波澜再起时
安眠不过是一句谎言

不要以为静悄悄的夜晚
没有人说话
不要指望流星还可以许愿
它已摔得粉碎

你的死期到了。你把骨灰撒向大海
谁的骨灰在你手里？
你的手比你的骨灰更高级
我不过是你循环一周的周期

唏嘘帖

药汤来自前朝
疗效大不如前
再过一百年，今日衰减成明天

阴凉处，草帽盖着锄头
逢二四八月
我们脱衣服比穿衣服快

仿膳不如家常，吃得嘴巴寡淡
伸手摸着石头
过河过了一半，心提到嗓子眼

想想并不复杂的事
蛇进洞，鸟归巢
江湖子弟江湖老，月亮当头照

007

LAI MING

莱明，

一九九一年生于黔府贵阳，

四川大学博士研究生在读。

年明

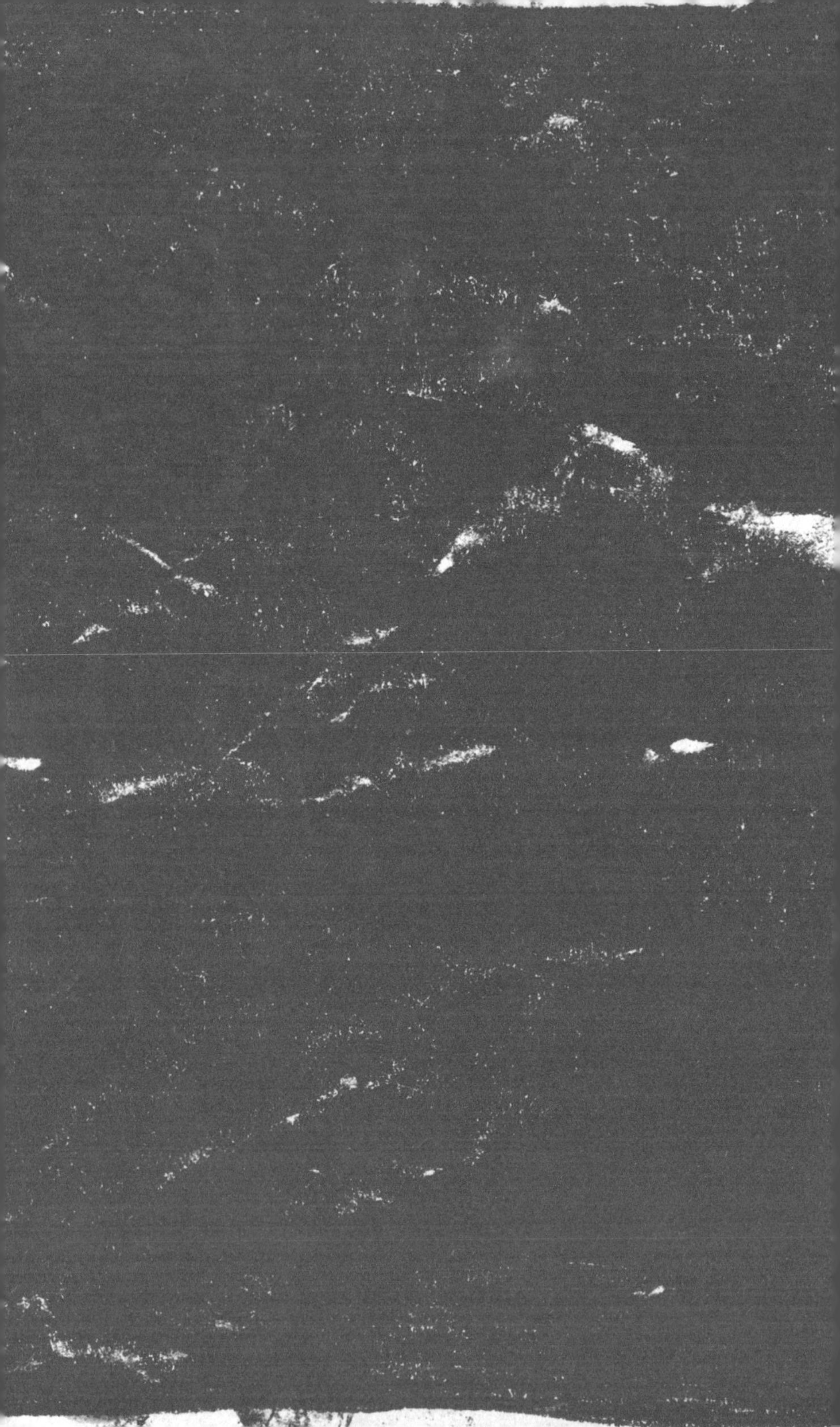

慢花园

来了几个人，盗走了花园。

妈妈，我借用记忆
一次次探向海底：
我看见，一条鱼顶着它，另一条鱼
顶着房子，一只贝壳顶着喜鹊。

你刺绣一场雨，妈妈。
蓝，
天空是我身体的一部分，铺盖的低云
又跑过积雪。在你囤积海水的夜临近
山峦退潮的时刻：

　　液态的马，
　　液态的船。

隔着栅栏，夏天厚一尺。

造景师

第五次失败中，你对隐居
有了新的见解。假山新鲜地倾斜着
有时候，鸟来得更迟

用斧子取走皮肤上的噪音
其余的，都是寂静。仿佛醉马
咬伤苹果树，下一场雪

另一种情景在星期天。危险
醒来，剥开词语的外衣
许多耳朵在变形：风燃烧着——

把问候带到泥土以下
用水调和，砌成菩萨形雕像
——时间是坚硬的艺术品

再种几棵核桃。修水池
被雪覆盖的年代，激情消退
鱼，在土地里游泳

接着，颜色被带走。大海
你看见什么？愿不愿交换彼此肉体
作为另一个，享用他的权利？

去利霞家

九月的最后一天平静、异常。没有割草机
驶进利霞家的院子。晾衣绳轻轻地晃着、舔着

甜蜜的光滑的中国式铁栏。
更远处是管道施工队，忙着我们并不关心的活计。

一整天我们都是轻松、快乐的。
没有事物消耗着我们的能量。它们也不能。

我们就坐着，像被铁拧在一起；
站起来，铁在熔化。

生活的美没有因我们而使它降低。
但我浪费了它，两次或三次。在这里，或别处。

噢，这严重的时刻一去永不回。就这样时间到了——
我该离开了，好让别的物体也来到这里。

散步

驱逐

夏天。夏天在寂静的马尾松林里。

水泥浇筑的小道，拐弯

没有遇见爱的人。

石凳子，皮靴子，

香烟盒子——

夜，夜，足够长的呼吸用来

欢聚或告别。

月光摇曳。

巴掌大的池溏没入草地。蹲下

就是马齿苋，绿色

像极

我此刻的心情。哦，绿

我渐逼近，

我渐稀薄。臂弯

藏有一些浓雾和字典。

我认出那个诱人的解释——

石头：固态的潮汐，

非常小，里面住着更小的人儿，

痛也是小剂量的。

我读了又读，

大哭。

向下，向下，向下，

有花落在星球。

府南河

（雨中的两个人走进松林，夏已尽：
松涛的力量与身体的潮汐曾无误地重叠，“她说
爱，他的嘴也弓开这个词”）

府南河岸小块陆地，薄雾中的线条
与轮廓，皆已染上衰老之漆。
且看这雨赋予的力，遴选雕塑、曲折有致的
桥身，以及赶路人。我们在这里，也在别处：
松林“哗哗”的小径，如云重唱，
“或有白鹭展翅，盛大的中年降临”。
也许它只是一条线，此后不再有
完美结构，像浪，抵达河心后
折回——短暂的愉悦所编织的目之所及。
你会说，已足够，一次可能的漫步
使你懂得满足与谦逊。当雨，丝毫不差地
落在这里，我们，如此平静、迷人：
像一朵云，在此刻打开，在温顺的
成都平原。我们停下，
　　　　看它。

墨色的松林如我骄傲巨大的影子。

海中居

水是你唯一天赋。走在海中
鱼因你的祝福而肥胖
船，几乎超出了海岸线

两三只疲倦的鸟，划出林子
将雨中的噪音梳理整齐
我们就探出头，咬同一滴水
反复控制海的体温

一直是这样，风，那个粗暴的女猎手
潜入水里，用袖子卷起
疼痛的鲨鱼。所以，我们不能再疏忽了
必须删除身上被她惦记的部分

把身份降低，再降低，走在雨里
要转过身来，祝福自己——
我满腹柔情，又心怀歉意。

小事诗：看海

三个人，三张脸。
六只年久失修的耳朵，
围住大海。
波浪
细细地，叫。
你且看，风叠起海的腹肌：
一种向上的力，层层推进
直抵
沙之边界。
仿若蕾丝束衣，勒紧
露出曼妙身姿。
是。海竟是这般性感之物，
不羞赧，
不禁止。
又企图锁住我们双脚，
倒挂在波浪尖端。
如铁器，击向
更坚硬的礁石。
此刻，我们兜里揣着葬礼。
随时摸出一截潮湿的墓碑，

戴上海的头顶。

这是进入海

唯一的方式。

犹如鱼群忧伤地进入捕鱼人。

——海天一色无纤尘，皎皎空中孤月轮。

波浪竖起来，

细细地唱。

我们身受重伤，跳动着

拥抱它。

你且看，海

怎样缩进“海”这个词。

而船，系在谁的脖子——

成为此世的鞭子：

抽

打

着

海

与行星。

新时代婚姻

风声加紧。我们决定在房间待上一阵子。
闭门不出，只看着对方的脸，回忆一些
旧时代的天气。房间很小，十几平米，
一张床就占了大半空间。仿佛我们的一生
都是在床上度过的。被子里的棉花漏出来
像肥胖的鸟在扑打翅膀。在我们之间
是一封信件，它张开巨大的嘴在微笑。
除此之外，就没有可以描述的了。电视机
旧了，播放新闻的人老了。战争在另一个
遥远的角落，厮杀呐喊。但我们的房间
处处充满着安静。自从雨下在这个城市
我常常梦见湿漉漉的人群，从门前的
灌木丛消失。醒来，我发现我们还在

脸上并没有因衰老而留下的恐惧。你说
我们是坚强的，完整地保留了肉体的
重量。没有谁提出过，想去屋外的街道上
走走。“外面很危险。”我们的父母常说。
这些日子，可供回忆的事物越来越少了。
我打开窗子，看见无数的窗子在这时关闭。
街道上又多了几棵香樟在掉叶子。我抱怨道，
“这个时代的鸟飞走了。”你似乎没有听见
只顾在镜子前试新裙子。那时，邮递员
刚走出大门，发动摩托车消失在地图上。

慢诗

我们坐在公园的长椅上，剥橘子。像螃蟹
爬上树顶：危险的爱，动作迟缓且精致。

十月新后雨，园中皆是长短不一的手臂
夹着枯木，刺破沉默的空气。草坪光滑

铺在眼底，像是被泪水洗净，又如
熨平的衬衫衣领：这无人问津的我们身上

的山水，此起彼伏，在秋日晴朗的午后
一点点失去颜色。我们就坐着，剥橘子，

手指停留在橘身最敏感的部位，像船
层层推开疲倦的浪花，从安全的陆地

驶向危险的深海区。你的舌头，那开放的
回声老码头，会是此次冒险的目的地吗？

我想象过此情景，橘肉平稳地停在口腔，
与身子融为一体，又在旋转、滑动中打开

另一空间。时间变缓，混沌之物因迟滞
而变得格外清晰。它冰凉、细腻，胜过

我。使我感动。仿佛坐回到廉价的出租屋，
淹没在整齐的日子里。你说，还记得阳台上

那盆金橘吗？无人照料而使它枯萎。
我陷入沉默，如假山，被人造之雾困住。

但你并不着急，拥揽进每一个想象力的区间，
从装满橘子的塑料袋里，迅速掏出一个

递与我面前。我轻轻地接过它，抵达
一年中最缓慢的时辰。神迹悄然降临——

我们就坐在公园的长椅上，剥橘子。像螃蟹
爬上树顶，挥舞巨钳撼动黄昏突变的流云。

隐居的熊：对一本济慈插画的素描

它静坐
如哲学。铁塔似的鼻子坠落
在一张幻想的脸上：雨突然停滞了。
这微动，这廉价的惊奇：
一只眼打开是河马，
一只眼打开是鱼鳞。

瞧，它走动了。探寻的脚步搅动树叶，
卵石。它喝下太多水，肚子足够养鲸鱼。

白天，太阳投下可疑的多边形。
到了夜晚，一切皆是滴水之物：月光
把石头贴在水面，
也贴在天空；
它把舌头贴在树干上做梦。

山，甜甜的。我们的熊的影子也是甜的。

要知道。它把脚印均匀地
撒在林地，诱惑别的熊——爱，
它爱得忽高
忽低。
爱得一日不同一日。
河流最沉寂，如上了发条的水链子。

（天上的云，雨丝一路哭上去。）

它看到仍属于它的一次散步。
风摇开河面，它为你的观察开道，
也为
隐居在这首难产的诗里：
一只眼打开是微动，
一只眼打开是惊奇。

而我们的探险深陷于此，
　一次语言的提速改变了熊的日常生活。
　瞧，世界就顺势跌进这双涨潮的眼——

如铁
它静坐如
下了一夜的雪。

008

LI LONGBING

李龙炳，

生于四川成都，

现居成都青白江。

李太炳

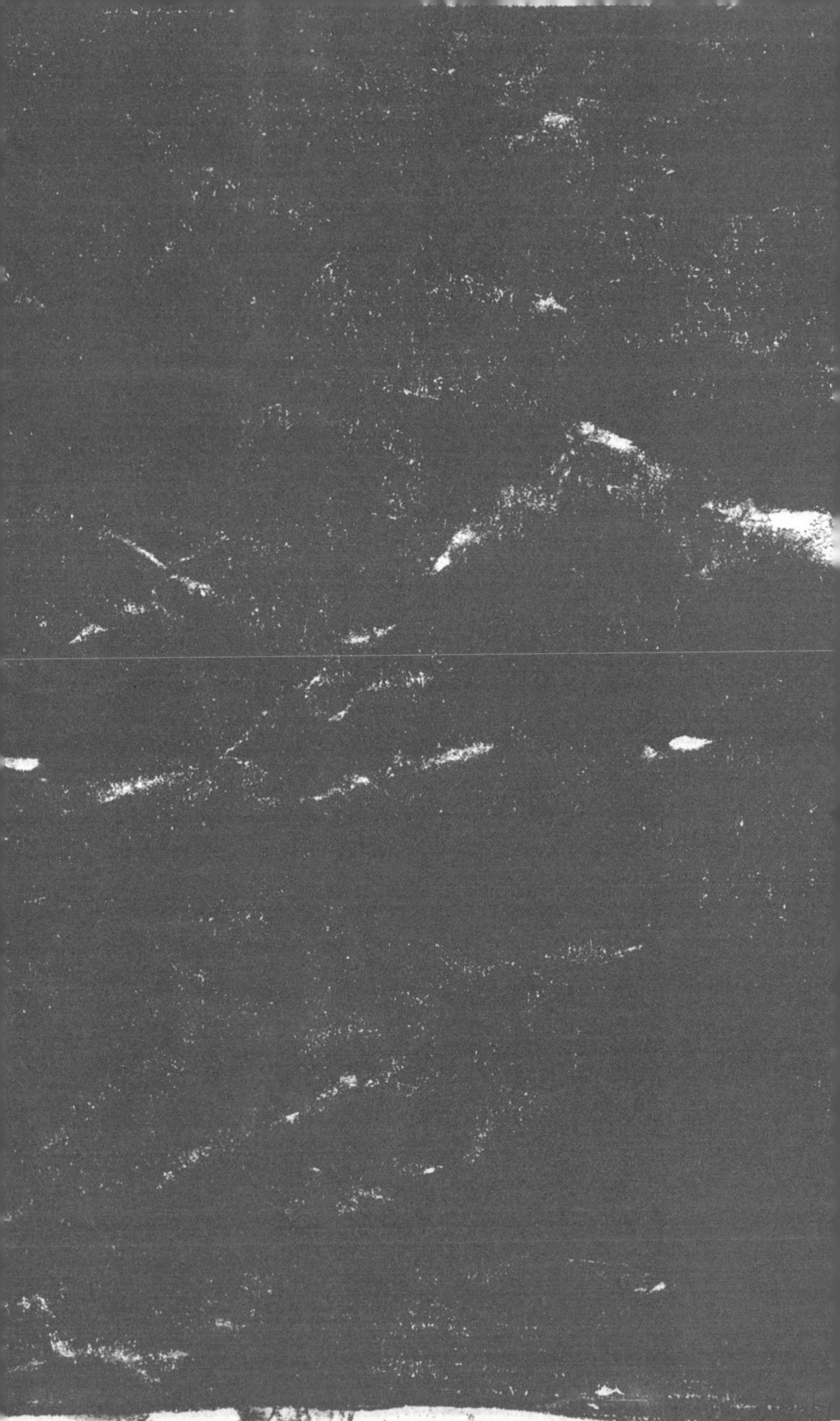

旋转楼梯

曾经听一位朋友说
梦见旋转楼梯的寓意
当时觉得很美妙
楼梯真的出现了，我小心地踩上去

好像踩在沙滩上，因为转弯
我遇见过几个国家，海风一吹
我清醒了许多，想到对一座小小的岛
拥有无可争辩的主权

心会像装满文字的漂流瓶
从最高的楼梯往下滚动
海在最低处，我依稀记得
你的时间不是我的时间

只是在楼梯旋转的时候
我手中蔚蓝的钥匙不停地尖叫
我带着你从一个房间
进入了另一个神秘的星球

咖啡之歌

只是一杯咖啡
苦，口中的天下
苦苦地向下午致敬

一杯咖啡的风云
两杯咖啡的大海
苦突然开阔起来

白糖是白白的唐僧
到咖啡里取经
更苦的味道是阿弥陀佛

只是一杯咖啡
苦，口中的钉子
穿透了几本新出版的书

写作的理由就是
我们喝完中药之后
继续喝咖啡

如是我闻
两个哑巴爱上同一种苦
苦苦地向语言致敬

白天鹅

白上升到美学的高度
白天鹅认为自己可以开一家医院
白天鹅允许护士爱上病人
虽然它清楚，病人是黑的

白爱上黑是一只天鹅
对另一只天鹅的矫正
白天鹅的白无处不在
白天鹅像一把钥匙在开启夜晚的门

天鹅蛋在广场上滚动
白天鹅在大喊：下雪了
天鹅蛋在高速公路上滚动
白天鹅在尖叫：着火了

白上升到哲学的高度
天就黑了
枪口对准的那一只天鹅
成为了一个时代的空白

白天鹅栖息在一张纸上
折叠着比敏感词更小的尸体
折叠成童年的飞机
飞过头脑中的黑漩涡

望远镜

少女等我去，看腰间硬币“丁丁当当”
她可以买通河流，我拿着折扇

天天在她的河边喝水，灌溉云朵
我深爱语言，少女之舌必为口吃所累

岁月的双手，摸着不同的象
写过情书的手更适合弹琴

有一层白纱，滤着少女妙音
冰块滴蜜，我有“嗡嗡”轰鸣的心

守口如瓶的鱼被厨师严刑拷打
它的秘密已刺入我们的内部

雾霾的牙齿，秘密地爱着政府大楼
我和少女，隔着新鲜的野兽

多年前，我把望远镜交给她
她把我放大后，置于虚幻的空间

雨在少女身上沸腾，满嘴的泥泞
喃喃于李商隐，比推土机更真实

写作

外部的黑暗和内部的黑暗
没有什么不同
从黑暗到黑暗是封闭的伤口

我爱过的几个白衣女子
重新回到了书本
她们不再爱我头顶的天空

一个满天繁星的时代已经结束
我关上没有玻璃的窗子
等待一只蝴蝶飞来忏悔

此时含泪的人都在成长

白桦树要从这里哭到俄罗斯

冬青树要从这里哭到宋朝

写作就是在虚空中倒拔垂杨柳

浪费的力气可以修一座寺庙

浪费的语言足够谈一百年的爱情

现实与记忆的交叉点上

我看见穿过针孔的那一个人

拼命擦拭着莫须有的陈年旧灰

移动的风景

雪要下在枯井里，像瞎子在哭
你会掉进历史自身的臃肿

局部的减肥减下所谓的赘肉和罪人
你的心已热过所有的夏天

一个瞎子从《论语》中伸出手
它摸过的东西都比你古老

《道德经》把有情人绑架在舌尖上
热吻之下，岂有不动产不动

每一天你都面临着相同的选择
打开伤口，先取走乌鸦还是喜鹊

犀牛精准的脚印已覆盖不了你背上的污点
终极的医生是你的影子

白天追随你，晚上进入你的内部
数有多少只蚂蚁，幽会你的骨头

乡村之书

暴雨之后，经过一个村庄
那些往枯井里丢死鸟的人我都认识
雷声和聋子像两个政治家还在交换意见
我已经赶往三百亩的玫瑰园

剥开空气的隔离带
把夏天的书翻到最清凉的一面
雨滴比小学生更守纪律
在电线上微微发颤

我清楚身边数千人的生活状态
每个人做的事情基本相似
雨后的田野空旷得让人想重新建立一方环境
对应内心更高的秩序

城市对我已没有吸引力
我也不想浪费时间去读城乡接合部的长篇小说
我喜欢乡村短制：像女人雨点般的小拳头
温柔地敲击着大地的心脏

灵魂的事业

世界勉强可以发表春天的散文
夏天的诗歌却必须重写：从洋葱中剥出闪电
让我们共同的朋友泪流满面

已经走到了一面公共的镜子前
她扔下家庭主妇手中的一千把剪刀
高声和我谈着阳台上小小的黑暗

精神的三角形要支撑天空的四个方向
使力量突然集中在生死问题上
秋天抬着园艺师，抢救着几片落叶

那些已经隐居的，一节一节的藕
在污泥中拜菩萨。远方有人正在把耳朵拉长
听见葡萄爆炸，甜的东西开始尖锐

飞向童年的打谷场，是麻雀的灵魂
再生的月亮，正在参加星星的选举
再做一次人类，我已经没有兴趣

运气

在森林里，不必告诉我
你有肉体发电机
我只探讨，失去的部分
走神的部分

清晨有人骑马
打一群猴子正确的耳光
运气和天气
老虎的两颗门牙齿

接近目标的危险
接近乡愁的黑暗
飞蛾千里迢迢地接近火焰
隔着城乡接合部

慢下来的都是主人
痛斥一个穿黑衣服的人
借助春天野蛮的力
朽木在大地上萌芽

咬我脖子的蚊子或孔子
听见我半夜咳出半升墨水
不得不后退了几十年
我的时间在修正一个无人看见的气泡

举全国之力只为移栽一颗红豆树

到处是一闪而过的人类
他们有时被称为“仁”，或“不仁”
有一棵百年老树在风中
却不为仁所动

中国的很大一部分传统
依然停留在午门
我们的心灵一次又一次地被推出去
像西西弗的石头

有一棵百年老树的阴影
被一个又一个皇帝推出午门斩首
翻开新版的国学经典
依然记载着老树的归宿

慈悲的风，吹过了大半个中国
老树的头，雕刻成了无数小小的佛珠
想起几个诗人在山中调侃
举全国之力只为移栽一棵红豆树

009

SHI BICHUAN

石碧川，

一九七二年生于湖北，

现居成都。

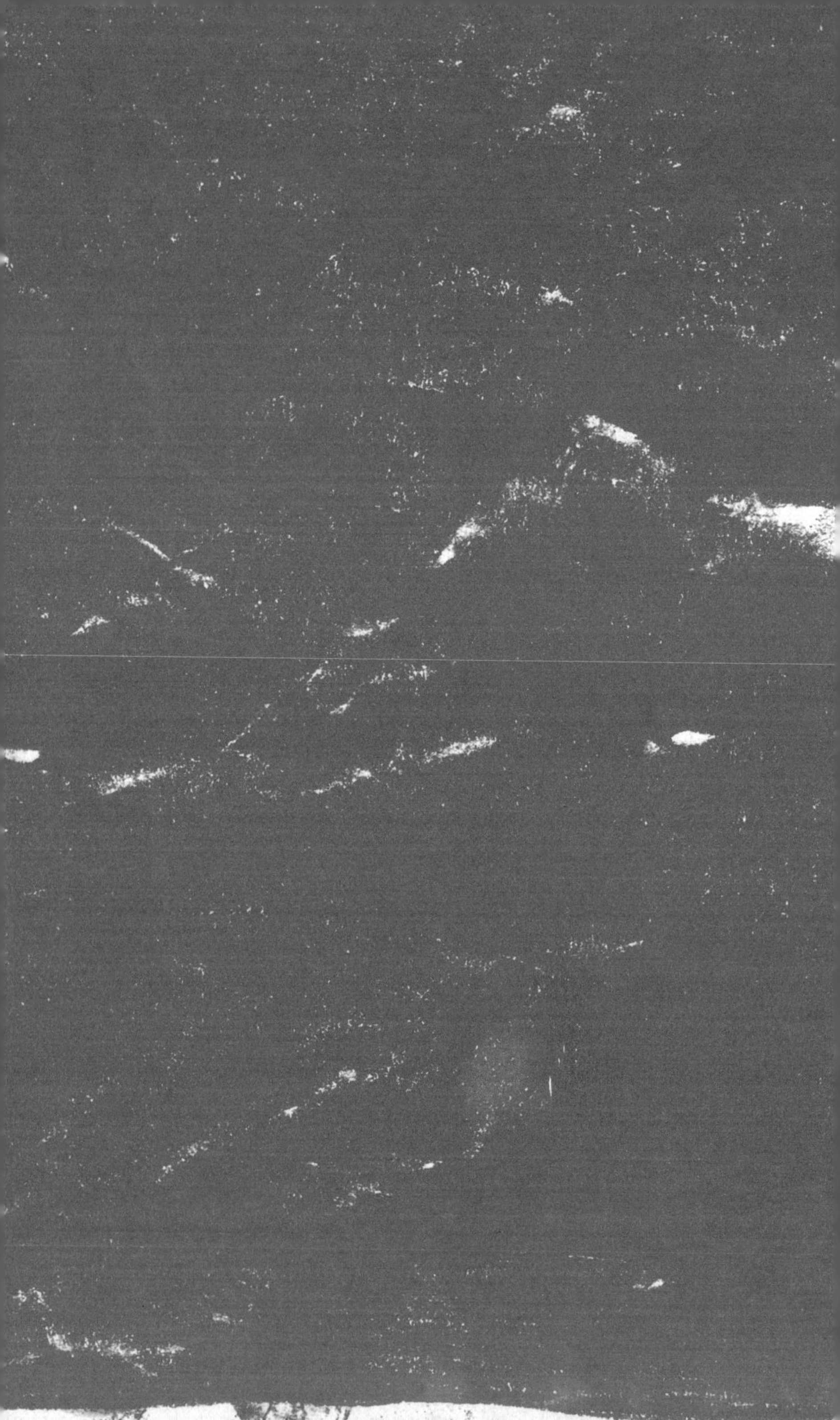

我活不到2666，可我到过2666。
我相信艺术的真实胜过生活的真实。
我相信我相信你的一切，
胜过你对自身的了解。

我抱起一只猫又放下。
它软柔的姿态，
一种警惕与提防
与生俱来。

雪落在香侬河上，也落在东荆河上。
一些雪死去，一些星星
几万亿年前就已死去。
没有一位上帝存在。光传递至今。

在2666，没有一座墓碑，
我替你带去一支无边的玫瑰。

2666

起风了

死心了怎么还会有伤心？天起了凉意。

走过小巷的时候，跟你谈起，

“七月流火”“处暑”，说的是暑气消退的意思。

你反问：“不是说还有几只秋老虎么？”

哦，老虎，四处爬的老虎。又哪里，

是几只老虎的问题。

在巷口碰到熟悉的银杏，

密密实实结了一身果子。

再过些日子，会挨一通扑打吧。

痛，都是自找的。

起风了，像天鹅的翅羽，
把你嘴边的发撩进我的思绪。
想起前些天经过的广场，
旁边被焚过的商场似乎又更了名；
想起那场难遇的雨中，
披毯子的老人带条狗在找块立锥地；
想起最近老是碰到的要钱的孩子，
我不再看她（他）们的眼睛；
想起终将离去的你，
或许我不应难过；
想起《海滨墓园》，想起：
“起风了，努力活下去。”

我相信，花朵盛开
的力量胜过千言万语

后来，我读到《白净草原》中的落马少年时，

会想起那个落水的孩子。

我以为悲恸的程度

与哭声的大小没多大关系。

河，你带来一些东西，也带走一些东西。

欢乐、辛酸，随波起伏。

后来，我在看《Crash》时，不甚明了撞车与性快感的关系。

倒是想起那个春日午后，河堤上一驾风尘仆仆的驴车。

那驴打着吓人的响鼻，胯下阳具伸出一尺多长。

觑子老爹说："你看呀，又尖又绞。"

多年后，我才明白，老爹是在说，

傻孩子，你看呀，人心，它又奸又狡。

我读不了双城。这一座城我都搞不明白。

我们在广场微笑分别，约着再见的时间。

转身的一刻，巨大的灰色扑面而来。

我似乎读懂了这座城冬天的味道。

我想起费尔明娜，想起她那个

要把一个人从记忆中永远抹掉的决定。

于是，像那个从大闸上跳下的孩子倔强的死亡，

我把自个儿给抹掉了，从一座城的记忆中。

那条尖鼻子的龙

我是在去成都时，
碰到那条龙的。
它把每个趾甲都涂得鲜亮，
蛮横地问我，看到它的火珠没。
我倒是希望看到一颗
蓝盈盈的水珠，
那样，梦深处的沙砾
会滋润些。

我在科罗拉多看到两股
激烈碰撞的水流；
我希望有一天，能在博斯普鲁斯
感受风，感受来自两个大陆、
两片海的气息，
剑刺的塔与浑圆穹顶的颠覆相融。
可无论到哪，都无法回答
来自平原深处一株树的垂询：动荡或宁静？

那是一条走失的龙。

每隔段时间，它要烧掉老化的鳞甲

完成蜕变。失却火珠，

它成为一条长不大的龙。

我告诉它，我在旅行时，

碰到过一株绛珠草，

它说，火，

要向水里寻。

我性/他性

很难将心与心脏对应起来。
只有当它疼痛时，你才知道它在什么地方。
我以为见性即好，
同样的，它需要一面镜子。

密实的水密层。不破，
是自由落体。破，一层又一层。

我在你的性里甄别我的性。
你不言爱，也禁我言爱。
你要我沉静。我在体悟中，
发现他性的微茫。

多么可爱的精灵。

招手让你过去。

我想到我们滚过的床单，

拥抱亲吻过的座椅；

我们经过的街道，

其他人也会经过。

它是我们凝视时从对方眼中看到的，

是留下的笔记本，等待新诗。

想象这座城

知道你不会留在原地，

我提前来这座城，等你。

在颠簸中、在醒后的疲累与眩晕中，

在窗外的景物流逝

而我凝视着玻璃上的水汽

慢慢消退的间刻，

又隐隐感到，你不会来这座城，

与那些患得患失的预感不无二致。

你不会打量这座城，

正如你不会把我放在心中。

对你而言，所谓的青春，

就是快速地逃离与转身，

似乎总有些急吼吼的梦

在不同的远方为你敞开不一样的门。

我的选择是没有选择。在黄昏，
走进一家临街的酒馆，有很大的轩窗，
等与不等，直到杯盘碗盏盛满倾泻的月光，
直到喝出愁来。

我想象这座城的爱情，只能是一场邂逅；
我想象这座城的根，它应该是根乌龟尾巴；
我想象这座城的秉性，跟其他的城一样，
正打绕着弯的炫耀转向暴戾。
这座城应该有座广场，不是魁首的那种，
哪怕小一点，它应该是拥堵城市的余度与良心。
就叫它“银杏广场”好了，在它的四周种上一圈银杏，
它最美的季节应该是深秋，等叶子黄得纯净的时候，
你透过叶子能看见一方悠远的天空，
风吹过的时候，我要想想些人，想想些事，想想你。

夜莺与玫瑰

我的老师不愿跟我谈论
亚里斯多德与玫瑰。
我有我不愿谈论的。
生活如此不易，
何苦再揭伤疤。
默默，楚囚相对。

事实上，我问过大和尚，
一个诗人，不描写壮丽的河山，
不描写激烈的爱情，
那他该描写什么？
和尚说，看，有光，
自几万亿年前来。

从和尚的壶里
总斟出善恶来。
我想到，在大马士革，
为了让夜莺唱出
他们想听的曲调，
他们修剪了它的舌头。
自此，直到死前，它的啼唱
总伴着鲜血和玫瑰的芬芳。

你不说，我还真不知道

昨晚，女儿一踏进门，
就在那嚷嚷：
老爸，你知道吗，
有张报纸在说《疯狂动物城》的事？

这个话唠的家伙，
从来都是张嘴就来，
可我从不敢
随口作答。

事实上，我早先瞟到过标题，
可不明就里。
事实上，我们最近一直在谈论
“bunny”跟“rabbit”、“puppy”跟“dog”；
谈论Mr.Big对马龙·白兰度
老气横秋的模仿；
谈论，要是Judy跟Nick生个baby，
会是吃胡萝卜的动物呢，还是食肉动物？
我们都喜欢夏奇拉羊的那首《Try everything》；
在我看来，Judy就是一个典型的美国女孩，
她善良、直率，有那么点没心没肺，
为一个梦想不屈不挠。

我哪里想得到，
这些跟邪恶、跟渗透有什么关系。

清晨，我刷满嘴的泡沫，
冲洗残留的余味，不禁哑然失笑。

真要微言大义，何不拈出
那头北极熊跟黑社会头子？

我跟女儿说，我不知道
他们为什么那么说；
但你要记住，
你可以不在乎一个秀才的言语，
但当一个人手里拿着枪，
他说的内容比逻辑重要。

这话也不对。在漫漫的长河中，
就算没有一位上帝，
或上帝他不在；
就算没有神明，
可总有头顶的星空，
总有一种清白，
它在这孤独的星球上，
生生不息。

我也有所大学

我也有所大学。

那时，我们读米兰·昆德拉，

第一次知道有种生活，

她在别处，或远方。

我的老师跟我讲，

在巴黎有所大学，

人们把这句诗

喷在学院的墙上。

后来，我去了巴黎，

没有看到墙。

后来，我又去了成都。

我总是去了又离开。

离开得多了，

渐渐发现，

这两座城市

没什么两样。

我碰到过两个好的女孩，

共同点是

她们会像翻一页书一样地

忘掉不愉快的事；

那时，她们都听

平克·弗洛伊德；

她们都有那么一点拗，

一点小小的坚定。

她们都听了墙的故事，

她们都坚定地翻过墙。

只有城市，

还在那里。

宝宝心里苦

前段时间一直乐呵呵的女儿，
最近胃口不大好了。
我问她，心里苦什么呀？
她笑笑，宝宝就是不说。

吃饭的时候，她妈妈感慨：
你这每月到账就两千多，
现在什么都在涨，
咋撑得住哦？

取钱的时候，她拉女儿下去走走，
回来告我，不愧你的女娃子，
一说事，就不容分辩，
刚她硬硬地说，就取两千。

想想，早先不该跟孩子开玩笑的：
你上小学、上中学，都是你爸拿钱砸进去的，
这初中上高中，你要考不好，
一分一万的，你爸皮怕都要被扒三层了。

看着她从早到黑，
努力背一些在我看来，
将来不知道有什么用的东西；
看着她到阳台上透气，
怔怔地望着远方，
而我怔怔地望着她。

我想上去跟孩子说，
傻瓜，那些事逗你的，
钱的事你不用担心，
改革马上要有结果了！
上学的事你也不要担心，
老爸都托人了。

可孩子大了。她眼中的乌云，
不见得就是我理解的乌云。

她每天都会花几分钟，
教两只“虎皮”说“你好”，
鹦鹉总是歪着头，
不明所以。

我总是自以为是地做事，
却期待超出自我的结果。

010

TING YI

庭屹，

一九七二年生于重庆云阳，

现居成都。

7

庭屹

深林

是时候了，返景入深林。转瞬，确定的
谁谁，扣动秘制玄机，在时光激流中，
捅上惊涛般大窟窿；群鸟从四面八方涌出，
细致、热忱，称赞每一片树叶，不遗余力。
顺带嚼吐时光葵籽，它们，将细节撒落一地。
随后，又“噗噗噗”地全飞走了。用不在乎。

无影灯

黑暗中，比月色更冷，惨白。
医道多年，术程中最惧怕术刃
切向皮肤的那一瞬，倏地，皮开
肉裂，鲜血涔涔涌透肌层有质地的
象牙白。细思量，我所惧怕的其实是
完整。如诗般矫情？那诗向来是灵魂
勇敢的迎风面，免不了常常被生活嘲笑。

要说切肤之痛，勿如切向梦的皮肤。
诉衷情，鸾梦仍如昨？实像是，无影灯
映照不出镜花、水月。临渊羡鱼吗？关于
爱与疼痛，我们所知，并不比一副
舞者的尾鳍更多。其实，人生的限度
有时又何尝不是梦的限度。但，又有谁
忍心去指摘梦呢？哪怕它分明就是我们
自取的一场人生僵局和囹圄。或许，几可
商榷，我说，我愿意出让其中清醒的部分。

此刻，我坐在这里，也是如
一粒沙那样经历了辗转游历？
佛说是因缘。我说只是意念？
蜀地冬日鲜少阳光，难得的。我
要去到上层楼。早该逃离底层阴冷
办公地。坐在二楼空空如也的教室，
刚思忖：中国式教育帮凶，戕害者，
沉积于隅的各色粉笔便站立起残身。
空无一人的教室，恍若凶案现场，提举
一堆证词，绿板它幽幽地与我四目相对。
窗外，银杏树早被人摇尽白果，
西风携刃而过，黄叶“簌簌”飞落苗圃，
我听不清那些声音，心为之一震。
管它呢，太远啦，我们不总是习惯埋首么，
或习惯因远而失去近。习惯从左心室抽出
芒果，喂食给愚蠢的右心房，并说给它听。

秋风歌

时代的羸弱恰因过分堆砌，
年年新棉初绽，灸蚀肱骨。挥手
几如挥霾，连微尘也挤个水泄不通：

就说青岛，一只高价虾在开听证会，
油飞溅唾星，刚剜掉半截细腿。
时代的硬壳，令吞咽痉挛，喉头失语。

时代在爆炸，莫小瞧，微尘也能
催生原子弹。泥沙俱下时，眼睁睁看着
一只虾米将欲豁掏成真，可瞬间端掉长城！

恶果还不只这些。譬如爱情，擅长易容术，
布景奢靡，妄图与平淡对冲。人心早就
钙化为海洋之心。自鸣包罗或深不触底。

负隅而妥协。谁都在场，谁都说不起硬话。
俗语有云：捕得秋风，才有雨下。这，谈的
是因果。落叶哪想得通这些，一味攒集腐朽。

霾怨

“吁天不敢作奇咳。”

——摘自《芸香》专题·霾之殇

说白了，天生霾怨是灰尘在追杀灰尘。
狸猫凶猛，自擅反爪功，却出了章鱼拳。
污七八糟，灰尘趴扑，把个钢丝网箍笼圈
整得密实，卡住喉咙，眼睛鼓圆迸出杏仁。

恨人呐！恨谁？说内蒙积久成习，遍野在刨根
起煤的底。没底。处处科幻，处处蜃楼。再三
进逼，使一粒灰尘走投无路，一股脑儿将头颅
深埋残梦里。好似硕大鸵鸟，埋头砸出火星。

这个时候，要命的是记不起真身。慢慢想吧，
有的是时间？一大早，灰尘被灰尘请出斗室，
端坐铁甲观光车，求生存，抵达微尘死地。
满目变形记。行道树悄悄出左脚，会趼倒谁？

花发迟

眺长城内外，寒峭花迟。春风
鼓起腮帮，蒙蔽惊诧目眦。摩拳者
好梦雕寒宵。喜乐神，“诈和”声不绝。

说白点，有关茭白擅长的修辞，
我还不会。沐尘，时间在绝壁上
长老茧，水草便窝在河床中搓灰尘。

我写得很慢，喉咙卡满雾霾钢丝。
春天向来自锁脖颈。抑郁症仍在蔓延。
我梦到兄弟登高而歌，如何轻慢了死亡！

好吧，他有他的勇敢，我有我的苟活。
况更远处，踏青者依旧抒情，手挽
金箍箍太阳呼啦圈，正抖落丰肥白云。

绿绮

“蜀僧抱绿绮，西下峨眉峰。”

——李白

深霾渐退。我在梦里扛举着

一辆汽车，脚踩在溪涧的跳蹬石上，

或陷入粗糙的沙砾。为给汽车寻一条

坦途，挤身而过就好，并不贪心。

像翠鸟那样，为了往返于此岸和彼岸，
方便打通水陆两道。我去的地方，
宽阔如玉沱湾，寂静若会仙桥……所有
现实中抵达过的有水和石头的地方。

一只水鸟从混沌里探头。喙缘哽滑，胸廓
被禽流感胶囊撑满。它"嘻嘻"两声，处在童年期。
但，请废止梦！我讨厌被丰赠，再活一遍：
梦里赶早。迟到。跳船。握着愠怒的湿发。

意识流

跻身时间混沌里，起心动念处，
蝴蝶果真会扇动残翼？因而人，又会
被什么驱使？这令昨日过后的每一天，
看上去，无不在缩结风暴粗戾的网？
由此自顾不暇，疲于奔命。矗立风暴中心。

这时间的精致玩偶！被月色吹动真身。
被明亮的光和暗影，被石头里细碎的季风。
细嚼枯萎，拣食多汁白茅根，只为像风一般，
驻留下来？这里，我写得过于精致，用尽比兴。

换景，让积木吹落残垣，江山成堆，人烟稀少。
这仍不会影响遇见更多，更使每一次精心发声，
一不小心又落入金乌巢。沮丧吗？因而谁不是
在日出前惊醒，翻坐思忖：个人被隐匿得太久，
也会是个问题。说夸父逐日走，总归是因不信邪。

朴素

都还不够朴素。朴素的悲伤，
朴素的喜悦，朴素的悔意。
人工湖畔春生朴素的野薤白。

堤岸，夺眶而出的沙泥，眨动
繁星的眼睛，在一粒砂土中，
难得一见水晶般剔透的自我显影……

生于生而遮蔽，时而被勇气的粟壳，
时而被虚妄的战车。唯经朴素的种子，
啮泥而生，闪露出死之于死的智性。

论诗的制糖人技艺

公园里，孩童手里紧攥各形糖人。
醒的竹篓先选：各吹，吹糖人。
梦的花背[1]就说，来嘛，各画，画糖人。

于是，醒专事吹捏。梦就比划镂空。
在梦里，我们常常举着风，摔扑趴[2]，
笨拙拙被无力得解的棉花死结给绊倒。

看，给豹子装上醒眸，给蝴蝶吹口仙气。
让糖马升级为木马，转悠喜神哈出的流毒。
呼啦圈，能揭瓦，低询春燕密语或悟空桃园。

那么，先嚼哪部分？如何葆有事物完整性？
撕裂在搅和蔗糖泥时就已铸定？就算安颗童心
打发碎裂，吞下蝴蝶梭草般细足也会如梗雪鱼？

对不起，诗从不事吹醒的糖人，梦幻分裂症
闲掷匙扣，或确然戳中过一首诗的下怀——
但语言才不得管这些，一味举风招摇可能的星辰。

1. 花背：川东“竹背篼”俚称。
2. 扑趴：川东对“摔跟头”的俚称。

011

YANG XIAOYUN

杨晓芸，

一九七一年生于四川绵阳，

现居绵阳。

拘晚之云

旱情

干枯的河床上，两个人站着
像两截拦腰摧折的树。他们谈恋爱，数石头
“唉，爱——”他反复嘟哝，以至于
问题成了答案。
她说：“是的。”
两颗心像卵石，背负着僵死的，一触即碎的水草
堤上柳絮翻飞，堤岸一如沉重的抛物线，将生活分割
一边是云遮雾罩的市井，一边是水落石出的现场

写给小米

小米，你蜷缩在我膝上，哆嗦。
我爱你寒风中的哆嗦
像火苗颤抖。让我们相互拥着
一同抵制伤感，像在深夜坚持读完
一本伤感的书。

不谙世事的小米，在温暖的怀抱
摊开毛发和肚皮。
可是你冰凉的黑鼻头，整夜翕动着
没来由的警觉。

寒露纪事

赶早市的人提回拔了毛的公鸡
被掏空肺腑的公鸡
被倒挂
僵硬的脚爪一前一后
保持着奔跑的姿势

这是清晨，她埋头洗葱，
准备一个人的晚宴

寒风过境，田埂上
稚鸡围着草垛打转，悲鸣
稻草人抖动着，越来越像个稻草人

她越来越像个受伤的母亲
揉着干涩的眼窝，为自然的转换
唉声叹气

相见欢

从紫红的嫩芽，到凝脂的玉片
经历了怎样的膨胀之痛？
柳絮纷飞，点缀迂回的梦径
清凉脉络里，犹自奔涌秘密的汁液。

一颗心，暗暗湿润，蓬松如
闪电分剖的云团。复苏的本能
向上，将我托起……失重感再次袭来。

忆起幼年时，溺水的惊慌
幽蓝泛绿的波浪，轻柔的拍打
死亡般席卷而来的窒息……

每一次，我这个溺水的人
魂魄惊慌地抱住你，抱住礼物般的肉身
惶然穿越层层激流，像赴死，像转生。

自然的安慰

出帐篷，向前直走十来米
可以避开酷热，进入正午的树林
进入美好的秩序。光影斑驳，由西向东
作缓慢的位移。白蝶是一枚
更美的光斑，翩翩，如游鸿。
它的美在于它的自由。
红蜻蜓无端起落，每一次
稳若飞机停靠停机坪——那种泰然
那种定力，我没有。
继续，将小世界看大，看穿
看蚂蚁翻越树皮蹙就的悬崖。我尾随它
从正面攀爬到背面。多么幸福的几分钟
它到达目的地，我亦忘记了我。忘记了
这使我消沉的，现世。

初七的汉一隅

沿着堤岸一直走下去，会不会沦入虚无？
半轮明月在上，独峭于混沌苍壁。
我看着你，眼眸闪动的另一轮
更清晰的金色弦弓。

我们坐着，看幽暗时刻，万物形骸之放浪
风舌来回刮擦着河床，肺腑……像亲爱的吻
像蝙蝠上下翻飞，沉迷于
自身搅动的，美妙漩涡……

多么完美的混沌啊，我们置身其中
犹如两粒膨胀的微尘；而半轮明月在上
腹部微微隆起……它亦有着，膨胀的孤寂。

题吴彭牡丹之画
楼子式月宫花

雨音即语音，珍珠宛转玉盘倾。

花瓣像带电的词屑，匐向蹙金的中心。

春意编排绿浪，拱出千堆雪。

而你是手捧残雪的冰雕匠人。

你又化身月光魔术师，激活花瓣里的磷。

之后是词之磷。蹙金绣线收紧

仿佛稳定不安稳的宇宙骨骼……

之后是黑屏。黑暗中

雪狮献祭，剖开玲珑心。

今日阴

海市蜃楼里辗转。

雨裹微粒的漂浮带，蒙眼

嘶吼的男神。

短信发向晦暗不明的未来。

乱流之黑压压人群，如油布翻卷；我想到

油布的可燃性。

低空沉滞雾霾，近似于道德的灰。

晨练

绕湖奔走，画圈，机械地
朝着某个深渊发力。眼前
灰鹊忙于穿柳呢。深秋了，柳条仍是
怀春的碧玉。

你被几种力分解，体内的阴影
窸窣作响。一把落叶，虚空里洒金
恣意涂写滔滔幻象——窸窸

窣窣，多么短暂
风又迅速刮擦掉这些。

逆着风
你打算再走一圈，像不得不拧紧的
笨拙发条。

我们几个，从大路拐向小道
越来越微弱的光线中
寻找瓦屋的灯火，像飞蛾扑火
野蛮的枝条划过车窗
它也曾深深划伤过我
野蛮的少年时，天空捕云的手

像粗粝的路面磋磨车轮，像石子
突然可怕地弹起
像炊烟里频频传来的呼喊
——而那乳名，不再是我

颠簸，失重，跌进心底的坑洼，在昏黄小道
在昏黄默片的空当。放映机“嘶嘶”吞吐
滚烫的胶片

前面一个回头弯，我们几个
车身擦过丛林的阴影
与一只归巢的鸟迎头相撞

清沧

由当代诗的“笼子”说到友人近作

作者/姜 涛

姜涛，
一九七〇年生，现居北京，
执教于北京大学中文系。

01

张枣的《卡夫卡致菲丽丝》，写于二三十年前的一特定时刻，个人“生活的踉跄”叠嵌于历史顿挫的巨幅之中，或许属于所谓“玄机当头，恒言受命，方能见一线生机”的作品，在语言关系、身心危机的调整之际，也贡献给当代诗一个原型式结构：

我奇怪的肺朝向您的手，
像孔雀开屏，乞求着赞美。
……
我时刻惦着我的孔雀肺。
我替它打开膻腥的笼子。

从敞开的胸肺，到孔雀开屏，进而血腥的条条肋骨，这几行诗有条不紊，扫描精神与肉身，让一个深度的幻视结构浮现，而这一结构得以成立，离不开诗人钟鸣的阐释。二十多年前，在著名的《笼子里的鸟儿与外面的俄耳甫斯》中，由内脏演绎而成的“笼子”，就被理解为“一种已受到怀疑和否定的生活方式和词语系统”。对于张枣而言，这个“笼子”就是母语，他既在其外，又在其中，但“并不完全是被禁闭在里面，相反，他寻求着一种可能，让笼子，不被冲破，至少也是变得对自己有利”[1]。

不言而喻，“笼子”象征了某种无法挣脱的系统，是写作发生的语言环境。“在系统之中是不能反抗系统的”，钟鸣的理解多少有点悲剧性，“这很像卡夫卡形容的，一只笼子去寻找鸟儿，而不是鸟儿逃离笼子”，但他也顺势给出了方案：“或许只有不断的警觉”，才能保证诗人不致被历史惯性吞噬，不致在笼中自我僵毙，让笼子“变得对自己有利”。张枣的做法，如诗中所说——“我们的突围便是无尽的转化”，依靠不断的自我分化、折射、对话，去闪避抒情自我对系统的配合，发展一种温柔、绵长的理解力。二十年后，张枣离世，钟鸣在《诗人的着魔与谶》中，又换用另一种表达：“写作究竟近似‘避谶’行为”，以至张枣不得不“病态的跳来跳去”，“逃离命运、旧窠。怎样逃，方式何许，成败如何，评价如何……这些才真正决定着写作的内在性，或内蕴”[2]。

借谈论张枣，钟鸣其实赋予“笼子”以更深广的内涵。不同于韦伯式的现代理性“铁笼”，供鸟儿歌唱、跳跃的笼子，似乎更为无形，膻腥之余，也可能散发异香。尤其当“大众文化整体覆盖，电子传播攻剽城邑”，“老大哥”也早就从旧体制里退休，摇身变为东方化的“美学上级”，“避谶”式的“跳来跳去”，便不单为了瓦解所固有的语言支配，狂欢于后现代式的语言嬉戏，更是为了“系统中的警觉”，于历史晦暗之中保留一点人性洞察，与二十世纪之“恶”、与大众传媒与社会运动所带来的集体无意识作微弱抵抗。如果“没有真正的反环境和对真正罪恶的侦讯，除了词，还是词”，他甚至认为白话新诗百年来可以说毫无进步可言[3]。有些遗憾的是，上面两篇文章流布甚广、影响甚大，但文字“弯弯绕”背后的伦理觉悟，似乎没有被太多了解。在我有限的视野中，仅有诗人余炀的长文《诗歌界的“南北之分”——钟鸣诗评专论》对此有细致、深入的展开[4]，另外的一些同侪、后辈，更倾向将张枣作为“诗人中的诗人”谈论，在审美层面去把握他的诗艺、他的姿态，对话性的“知音美学”，结合共同体内部的交错回忆，服务于同行之间神秘的连带感。

……而你的声音
追上我的目力所及：“我，
就是你呀！我也漂在这个时辰里。
工地上就要爆破了，我在我这边
鸣这面锣示警。游过来呀，
接住这面锣，它就是你错过了的一切。”

在《春秋来信》的这个片段中，“你”“我”各自突围，游泳于共在的“时辰”里，抛接一面响锣，作“无尽的转化”。这个场面很有喜剧感，那面“咣咣”作响的锣，多少有点“霸道”，张枣好像说过，在他们那一代人中，连温柔也要走极端，是一种“霸道”的温柔。

事实上，张枣生前身后，“跳来跳去”的写法以及奋力突围之后的“无穷转化”，早已被普遍信任乃至效仿，或对接现代、后现代之虚无的可能性原则，或暗合颓废、放逸的传统文人姿态，区别于“启蒙”“代言”“经世之想”种种，确立了当代诗的基准线。换言之，“霸道”的随兴挥洒，也意味了“霸道”的自信满满，“反枯燥”“反系统”已成当代诗界之主要意识形态。在钟鸣笔下，“枯燥”是诗歌的大敌，“反枯燥”也是一桩严峻的事业，因为“枯燥”具有笼子一般的隐蔽性，不是写得逸兴横飞、活色生香就可以抵挡。二十世纪激进文化导致社会心理的普遍粗疏、教条、专断、不求甚解，“‘枯燥’作为中国社会意识形态的主要姿态，孳乳为大众文艺甚至反叛文学的要害，只在极少数聪慧的诗人那里被繁复地攻击着”。对于一代人的精神底色，钟鸣十分在意，知道缺少内在警觉及人格支撑，“枯燥”会以颠倒的方式甚至以“反枯燥”的方式延续下来，写作和生活都很难逃离旧窠、很难“避谶”。余炀在他的文章中，也从自己的判断出发，大致列举了当下诗界几种新型“枯燥”表现：

> 张枣的写作，可以说是对当下形形色色“伪道学”的一种挑战。具体到当代语境下的“伪道学”，不仅表现为各种形式的“经世”之思想——或为以诗救世之虚妄，或为缺乏思考的模仿服从；也不仅表现为一种超意识形态的集体狂欢式的大众文学，放弃了批判与警省；还体现为一种忽略了诗歌的现实处境，视诗歌为反叛的浪漫主义幻觉，如此种种，不一而足。[5]

在这样的环境中，“病态的跳来跳去”，由窥视、折射进而“无边转化”的写法，会不会自我迷失？没注意新的笼子正从羽毛下面，“呼呼”地长出来？

上世纪九十年代，钟鸣曾提醒诗人不要落入这样的圈套：“他或许能承诺一个诗人摧毁僵死语言的囚笼，但他却不能发现一只笼子又如何更隐蔽地把他装了进去。”在二十年后的文章中，他开始检讨老友性格的缺陷——“祖国的诗界风尚一向为‘消极才华’所笼罩，爱丽丝漫游镜中，很难脱身”。钟鸣似乎暗示，张枣探索汉语写作的现代性，却因“诗对现实中精神层面的支配性框架早已解体”，又不得不迷失于文学现代性的幻境之中，误食了有病的水果，问题以生活失序和疾病的方式爆发，最终像所有人那样，“只是选择以何种姿势摔下来”。这不能不说是个“谶”！诗人之离世、“通灵者之沦丧”，则标志了大众传媒时代、电子仿像时代更大范围的全民昏眩，亦即“枯燥乏味的再次降临”。作为笼子中的

“鸟”，诗人如要保持持续不断的警觉，在跳来跳去地“避谶”之外，还要在心智上花费一些苦功夫，“盈濡而进，漫漫岁月，不断进行身体和语言的调整跟进”的努力，或许方能攥住“一线生机”。在这个意义上，对知音“诗学”的鼓吹，也就不只为提示文学精英俱乐部的门槛，而同时包含了某种“人心唯危、道心唯微”的时代感受，追问在“词的胜利”之外，人性尚有多少收获。

02

拉杂引述钟鸣的“张枣论”，其实类似开场白，为了引出对一位友人近作的读后感，不是旁人，正是本篇的约稿人。今年4月间，哑石来信说正筹办《诗镌》，这个名字自然让人联想到新诗史上的新月派。在公众的想象中，新月诗人都是一副清风绮月的潇洒模样，脸上涂了雪花膏为布尔乔亚阶层代言，这样的认识实际有误。闻一多、饶孟侃、孙大雨等，也包括多半个徐志摩，反对感伤、尝试土白入诗、热衷戏剧性情境，这些都和当代诗人的趣味不远。1926年，这伙人在《晨报》副刊上创办《诗镌》，虽然前后不到两个月，却是“第一次一伙人聚集起来诚心诚意的试验作新诗”。他们试验的格律化新诗，不乏轻柔悦耳之声、工稳美丽之形，但主流作风还是盘根错节、用韵谨严，加上诗歌主题的普遍社会化、政治化，《诗镌》时代的作品，不少像披了厚厚的外套，用粗大、火热的针脚（韵脚）缝制。在当下诗坛一派“嘉年华”的氛围中，重新征用“诗镌”之名，是否暗示编者有意调动一种严肃、恳切的新诗传统?

事实上，哑石的写作也给人类似印象：多年来，一直扎紧篱笆，在自己分内“诚心诚意”（也是“正心诚意”）地工作，早已是当代诗西南方向上一杆旗杆。其前几年的组诗《曲苑杂坛》，相当引人瞩目，在蜀地方言的诙谐念叨中，引入北方曲艺的铿锵精神，诗写得锣鼓喧天，将市井琐事与社会政经杂煮乱炖，就像他在诗中所说的，天地之间，权且作为一张语言的大案板，“精神和肉体，统统剁成了精肉！”（《晦涩诗》）诗人批评家一行的“哑石、蒋浩合论”，对此有非常深透的分析，不仅揭示其与相对性之时代精神的对应，也为“语素关联”或“混搭措辞”一类技术提供了操作手册一般精密说明。[6] 读了这篇诗人合论，心下佩服不已，同时又觉得，哑石“荒腔走板的戏谑性”写法，与张枣的“病态的跳来跳去”，多少有一点接近，技巧难度超一流，但将世俗生活无尽转化到语言中，这大致仍属于当代诗的“规定动作”。

最近，偶然读到了他2016年的一批诗，包括《伺奉》《小心来路》《喜鹊的眼睛》《丙申猴年春分午后，与妻漫游温江近郊赏油菜花》《恍惚的绝对》《早高峰》等，整体的感觉稍有不同，在漂亮完成“规定动作”之余，作者似乎还另有主张。因为没时间系统阅读、比较，这个印象不一定准确，但当时个人的会心及惊喜，是肯定的。这组诗依旧开阖自如，但跳荡的、神经质的“碎碎念”语风，似乎得到了主动的抑制，向语言“无尽的转化”的速度也慢下来，句群回落到一个更为常识性的世界中，是比较近距离的观察、体贴。但这不是通常意义上的风格调整，而是包含一种文学意识上的摸索、分辨：

去寒风管制的谁谁谁坟头，
献上一株红山茶，如在
晨雾的梦里但其实不是梦里，
她叫林昭，还是叫萧红，
取决弯腰时不同角度的唏嘘；

——《伺奉》

在诗人无法作为思想家、先知出场，为大众启蒙、疗救、代表良知的时代，“花费相当多的精力”，调节自身和文学的关系，在钟鸣看来，是当代诗“主体和意义最深刻的一种关系”。《伺奉》一诗或者也可作如是观。诗人在词语的星空之下劳作、写字，同时又“乘坐校车/往返于两个山雀型校区”之间，但两个过程不是总可以相互转化的：校车在山道上慢行，诗人在句子里用典，上引一小节，暗中对话于戴望舒的《萧红墓畔口占》；多年前臧棣曾有《一首伟大的诗究竟可以有多短》一文，借这首四行小诗，阐发远大的新诗理念。读到这几行，这些新旧火焰自然会掠过面颊，但“默念修辞/也抵消不掉车行崎岖的事实”，哑石似乎强调存在某种无法抵消、也无法被转化的现实感。这并不是多么新鲜的主题，包括对造作文学自我的善意揶揄，更重要的是说给中国的帕斯捷尔纳克们的一句：

“墨水，
哦，墨水，足以用来哭泣！”
事实是解决问题本身将成为
问题……

在笼子中，“我们的突围便是无尽的转化”，这是当代诗歌普遍的精神境遇，问题在于，“突围”本身已是时代疾病的一部分。这首带有“元诗”行为的作品，没有像一般同类文字，沉浸于对语言与存在关系的感伤冥思，而是将听诊器伸进文学生活的内部，探问“词”对“人性”可能的遮蔽、简化、放纵，“祛魅”由是连带了一点较真的严肃：现实的杂碎中还能剩下一点什么，一点不能抵消、不能转化的东西，来浇筑脆弱的自我模具（“精巧如水母的微醺”）？这首平实风趣的诗中，我们能感觉到：当代诗的警觉器官，又一次打开了。

当然，“病态的跳来跳去”时间久了，总会露出点疲态，相对于“无尽的转化”，要求回到日常、回到现实，要求某种美学及伦理上的凝定感，是近年来诗人群落中一种常见心态。哑石的写作同样取径世俗，同样有回归“安稳”的迹象，可他的“警觉”表现在，与其说世俗生活尚不是一个可以自明的领域，不能简单依靠“俗”与“圣”的反差与混杂彰显自身，毋宁说，尘世中的诸般“化现”，仍在我们现有的知识、情感、认知方式之外，其中的喜悦、难处抑或隐衷，并不那么容易被说清。这正如诗里所写到的杜甫的不容易：

他的忧喜，比神所忧喜的，具体多了，
但也可能更严峻。现在看来，
修水筒，树鸡栅，写诗，为诗立规矩，
确实是他杜家的事，旁边真能
插上手的，并不多……

——《水明楼》

哑石知道这项工作的严峻性以及趣味性，作为一项非规定的“自选动作”，现当代诗的操作手册也没提供太多指南，所以才要耐下心来，耐心刻画场景、人物，尽量画痕清浅又不失层次，因为“雨过新痕，我们都懂得折磨的小分寸”。在一个“主要看气质”的时代（诗歌界也是如此，上进诗人比赛谁的侧影更“策兰”一点），哑石这样的作者，好像更愿意邋遢一些，只要内心的丘壑在，写诗不妨像趿拉着拖鞋，行走市井之间，不期然却走出一种新节奏：“爱民主、爱自由、爱缓慢的春笋”（《插花艺术》）。不同于“曲苑杂坛”里“咙咚咙咚呛”的鼓点，这样的节奏散漫、正派，“施施然”，给出了当代诗中久违的人物感，以及根本就欠缺的社区性。在《喜鹊的眼睛》中，哑石像一个调研员带着我们走进一户单亲家庭，让我们看到“这么个人”，访问她的履历和现状：钢铁企业即将失业的职工、天天为儿子操心煮饭的母亲……诗人开始考虑能为“这么个人”做点什么：

可以说，她能向社会输出的技能，
别人赠与她的，都相当陈旧。昨晚，
她看电视剧，上床前，进厨房，
从冰箱里拿出一捆竹笋，可能
被防腐剂泡过，现在该放进清水里……

如此聚焦一个人物，堆砌细节，却没有一丝的叙事性沉闷，哑石构造了一个透视性的、可感的场景，仿佛能让我们闻到“一捆竹笋”的湿润清芬，但“她能向社会输出的技能，别人赠与她的，都相当陈旧”，我感觉是极其沉痛的一句，其中的社会感知不只萦绕特定的阶层，这首诗的作者和读者，或许同样深陷其中。

我想诗人的警觉，让他绝无消费底层的意识和潜意识，“这么个人”其实也是许多个人，也包括你我在内，无论在私人及公共生活的变动中，还是在语言中，多数情况下是无法与时俱进的，也是不能被转化的。虽然“这么个人”，“对离了婚跑销售的/前夫不太在意，对疯川普能否/当选美国总统更不感兴趣”，独自面对“似是而非”的困窘，但这其中的反讽需要玩味。“不太在意”“不感兴趣”，恰恰暗示“这么个人”其实也在历史变轨的巨轮之下，为她不在意、不明了的力量所左右，她的困窘、她的似水流年，深深嵌入三十年来“变轨”所形成的政经、文教结构之中，正像看不见的笼子，长在了鸟儿的羽毛之下。因而，与其说这是一首社会关怀的诗，不如说是一首充满社会理解力的诗。

诗“能为这么个人”、能为同样嵌入各类纵横结构而不自知的我们，做点什么呢？“装上喜鹊的眼睛”吗？给出一种诗意关照的方法，漾起内心隐秘的波澜，扫描并破解“一片粼粼波光呢”？这其中存在矛盾，明知“解决问题其实已经成了问题本身”，墨水的哭泣换不来什么，在诗中怎能轻言救赎、豁免、安顿身心？诗或许是“一只喜鹊的眼睛”，清冽细长，能兴味盎然地捕捉、曲折入微来揭示。那换个角度看，“这么个人”的出场，也让诗不得不戴上一幅眼镜：“这么个人”就呆在那儿，不被转化，也无法跟进，卡在私生活与公共历史的缝隙里，却能联动霞光与国际，方法提供了一个机缘，让笼子里的诗和人反观自身，警觉不已。

03

从某个角度说，对自我的关注及不断发明，是二十世纪新诗留下的好传统之一。张枣在其构想的《〈野草〉考义》中，曾勾勒了缔造现代美学原则的“消极主体”：空白，人格分裂，孤独，丢失的自我，噩梦，失言，虚无……“凡是消极的元素和意绪，都会促成和催化主体对其主体性的自我意识”[7]。虽未明言，所谓“消极主体”是相对“积极主体”提出的，后者充沛、果敢，或歌颂自然、人类、情爱，或批判社会、愤世嫉俗，热衷社会及生活领域的革命试验。但无论消极颓废，还是积极进取，二者均在现代性构造之中，分享了同一个主体的“内面”。由这个“内面”形成的前提，是与外部社会生活的疏远；“外部”往往是因袭的、腐败的、糟糕的现实，要不然，就是需用文艺和革命来转化、提纯的惰性存在。相对而言，“内面”则允诺了独立意志、道德真纯、身体敏感，以及汩汩自发的创造力、想象力。古典“人性”之说，配合二十世纪唯意志文化的浪漫狂热，造就了现代文艺的一个内在之“谶”。套用钟鸣的说法，只有“极少数聪慧”的诗人，才凭借对语言与身心关系的不断调整，侥幸“避谶”。在这样的线索中，读哑石近作，他笔下“这么个人”——从即将下岗的单身母亲、到无名网络操作员、再到广告公司老板，一帧帧市井小照，也总是伴随了“内心生活”的辨认：

许多次，他，挖掘自己，
同事下班了，这间独立办公室，
酝酿着一层薄纱般小神秘，
每个漩涡，投下了旧得簇新
的影子；……

——《低俗广告》

不是轻逸高飞、无尽转化，而选择内向“挖掘”，这决定了写作的基本氛围、势能。有意味的是，以俗世男女为道具，内向辨认（挖掘）的戏剧非由外铄，也与诗人们所常常坚称的“内曜”无关，这一过程投下了不确定的阴影，在时代生活与伦理感受的交错中“内陷”而非“内面”地生成。二者的区别在于：“内面”预设了人我、主客的对峙，消极抑或积极，无非现代二元构造“投下了旧得簇新的影子”；“内陷”则意味根本没有一个独立的、与外部区隔的“我”，“我”是在各种关系、各种业缘的相互纠葛中“漩涡”一般地生灭。

这种螺旋内卷的构造，在这组诗中不只一次出现，《恍惚的绝对》写出了社区生活的典型经验、与人为邻的经验：下楼买烟、深思摇晃的“我”，作为问题中人，也在经历内陷辨认的过程：

一个人，虔诚地经历生死，甚至遭遇
奇迹。这，不是啥子了不得的事。
不过，仔细想想，也还是有点惊天动地吧。

困顿之体忽忽新矣。想思考的事，
开始用水晶的几何结构凝聚潮湿。

怎么把日子过好，本身就是一桩严峻的事业，这是作者一贯的立场，“新我”从困顿中的醒来，同样显现为一种“内陷”的过程——“用水晶的几何结构凝聚潮湿”。但这一次，内陷的“我”不再是中心，也不再独自“挖掘”，而是站到了一边，知道一切醒觉除了“挖掘自己”，还有赖他人引航。在电梯口，“我”遇到一对母女：

> 母亲已没腰身，小女儿葱绿三岁。
>
> 女儿笑盈盈说：“叔叔，要排队。”
> 电梯轿厢“嗤嗤”响，施施然上下来回。
>
> ……我笑着和孩子排队，
> 泥壳般腰身，半个光锥，内陷，开始呼吸。

诗中“施施然”的节奏，配合电梯轿厢的上下，让人由衷地喜爱，俏皮中带着一种厚道的观察力和伦理感。俗世皮囊，不过都是“泥壳”，最终要回收于自然的周转，但总有东西“旧地簇新”，总归要有情地成型。母亲的构造已逐渐松弛、塌陷，女孩的“半个光锥”，正在内陷中，也是内卷中，完成未来造型。我呢？我的几何结构呢？诗中的遣词、用意，隐约透露了哑石的佛禅修养。如果呼吸是“觉知”的法门，“内向（陷）辨认”就发生在了人我之间，这里的他者，不是文字中游泳的读者或知音，而是共同经历尘世“泥壳”般的有情，这是从大的方面讲；从小的方面说，则是社区中的邻人，人我际遇不同，却可能嵌入相似的社会结构，在交互关系中“虔诚地经历生死”，恰可以彼此辉耀、映射中造型。在这里，内陷“觉知”已非“警觉”，有了“反系统”之外更大的伦理意涵。

《丙申猴年春分午后，与妻漫游温江近郊赏油菜花》，是另一首处理人我关系的诗，范围从市井、社区、邻里，收缩到了家人：夫妇在油菜花地里穿行，又在梦中交谈，虚幻与现实穿插如套盒，在时光的波动、褶皱处，花蕊晃动出一个华严世界，其中的超级写真精密到令人炫目的程度：

蜜蜂，不时会在耳廓极近处，悬停，
阳光细细摩挲着油菜花花蕊
六根俊俏、挺立的雄蕊，非常对称，两根略低些
它们，簇拥淡绿的二心皮雌蕊
轻轻摇啊，头顶块块划艇状温热花粉——

花浪与嘤鸣的蜂群之中，你我在尘世相伴，梦中的交谈机锋不断：“一条江水，仿佛人世的苦痛不断上涨”，“某个人说：如果这江水有一丝丝回落，我就出家”。这些哑谜、这些妄语，基于人世艰辛的幽默体认，是共同“觉知”的体现。果然，这首诗最后写出了一个绚烂的琉璃世界——“春风金黄，蜜蜂嘤鸣。我们继续，花浪中巨轮般穿行”，这样的世界，人我相伴，共渡慈航，显然早已在任何批评的范畴之外。

还是接着上面的话题，针对“跳来跳去”写法，有意纠偏已成当下诗界的一种暗潮。形式的有机、经验的整全、生命启悟、想象力的尊严、人性之谐和，凡此种种，似乎赢得了越来越多的赞同。这是否意味“消极主体”所规划的美学原则，已在普遍的反思之中；是否意味了“词的胜利”与“人性的胜利”之天平，已经稍稍倾侧于另一端。应当说，相较于前些年“底层”“草根”“打工”等社会性议题的介入，这一暗潮与当代诗的主要意识形态（“反枯燥”与语言本体论）并无违和之感，所以更容易在严肃的写作者那里激起回响，但怎样挣脱“枯燥”之宿命，怎样不致协入“词”与“人性”之间的单调摆荡，仍是一个需要花力气才能想清楚的问题。

在当代中国的知识与情感状况中，所谓“人性的胜利”，难免根植于内面之“我执”，“我执”又难免落入经验与超验、入世与出世、诗歌我与社会我、后现代式分解与浪漫主义之凝定的参差对照中，成为简化的存在。“病态的跳来跳去”，可以在一定程度上于笼中“避讖”，发展一种温柔的理解力，却不一定能培植具有内在判断的独立人格。结果往往是，由于缺乏“盈濡而进”的伦理支撑、认识支撑，“避讖”的消极内面，反而可能被孳乳其中的结构反向支配，吸附于流俗的哲学、美学原理，“通灵”沦丧、关联取消，仍是“枯燥”全面降临。哑石的写作体贴人世，从锣鼓喧天转向节奏的“施施然”，似乎与诗界风尚同步；但区别在于，“内陷”而非“内面”的自我觉知，须得谢绝各类认知的、道德的、美学的正确原理，先从社会关系中困顿的身心着眼，本身就包含破除“我执”、避免“枯燥”的线索。一行在他的文章中提出，哑石与蒋浩的诗中并不缺乏判断，但区别于“道德性的好”“美学的好”，这种判断体现为一种“审慎的好”，一种对各种状况、理由、情境、动机和原因的综合把握，“导向明智、现实感和对具体情境的关切”。我同意他的判断。

那么相对性呢？那种碎碎念的神经质语风，在这组近作中仍然存在，“语素关联”或“混搭措辞”等技术动作，仍然被熟练展演。但诗人好像找到了一种方法，从内部改造了相对性的技术，赋予了其一种认知时代生活的功能。作为一位深思熟虑的作者，哑石对于当今世界有极强的认识兴趣，有关“相对性”的体认，也不停留在笼统的精神层面，而能落实到社会、经济、家国、人心这样具体的问题脉络之中。在一篇与流行的后现代矫情论述商榷的文章中，他曾提醒中国诗人，应多考虑使用汉语的“在地性”问题，不必绕远儿先去思考东欧诗人（如米沃什、扎加耶夫斯基等）所思考的问题，并在另一层面上翻转了相对性的理解，这与他后来写作技巧的改造，或许不无关联：

> 被欢呼了解构的、相对化了的“同质性”，恍若一条泥鳅，一眨眼就成功脱身，并演绎出大不同于以前的全球“美元”换算和“符码”体系，不仅仅在经济、政治上，而且在新型的军事博弈中、对峙中，还有个人生命、文化经验的独特性和偶然性——大国崛起、极权和小市民社会的怪异铰合。[8]

“螺丝壳”不过是新道场，“通灵者”换作另外一群“知音”，电鳗亦即“泥鳅”的亲戚，一样地光滑、一样地串联。国家战略与大数据统计云蒸霞蔚，构成了个体生存的缤纷背景。在地铁上，“新兴产业无名网络操作员”就吃惊发现：

> ……邻座的皮裤女，
> 身体的绿藤，挂着两条闪亮蜜瓜，
> 埋首手机，唇间白雾，瞬间就能
> 软化屏幕：她的云手，和你纠缠在一起。

这首诗极具魅惑，“热媒体”时代感性丰沛，让人恍惚回到丛林时代，“歌唱心灵与感官的热狂”。身体与云雾的纠缠，其实也顺势推转出了政治经济学的总体判断；混搭、转换的想象力本身就是一种认知能力、一只“云手”，将娑婆世界中的力量和线索牵动，揭破人我之间盘旋生长的巨型支配。在《笼子里的鸟儿与外面的俄耳甫斯》结尾，钟鸣曾意味深长写道：“既然只有声音是自由的，那又何必去管身体被囚禁在何处呢？”这是张枣暗示给我们的、典型的俄耳甫斯式的知识。二十多年后，笼子的版本不断升级，已成无边蒸腾之势，要持续不断在笼中保持警觉，在跳来跳去的同时，搞清楚身体囚禁在哪里、卡在何种漩涡状的结构关系里，或许已是一个必要的“自选动作”了，“就像深水中，一头鳟鱼，用力稳住身躯”。

1. 钟鸣：《笼子里的鸟儿与外面的俄耳甫斯》，《当代作家评论》，1999年03期。

2. 钟鸣：《诗人的着魔与谶》，《亲爱的张枣》，宋琳、柏桦编，中信出版社，2015年1月，第143页。

3. 钟鸣：《旁观者之后》，《诗歌月刊》，2011年02期。

4. 《中国诗歌评论》，2014 年春夏号，本文思路也在一定程度上受到这篇文章的启发。

5. 余炀：《诗歌界的“南北之分”——钟鸣诗评专论》，《中国诗歌评论》，2014 年春夏号。

6. 一行：《相对性、有机技术与诗的喜剧：读哑石与蒋浩近作》，《诗建设》，2015年秋季号。

7. 张枣《秋夜的忧郁》，《张枣随笔选》，人民文学出版社，2012年4月，第118页。

8. 哑石：《“后现代主义”与新诗关系简议》，《当代诗》，第4期。

当代诗的两个问题

作者/张伟栋

张伟栋，
生于一九七九年，现居海口，
执教于海南师范大学文学院。

01

当代诗人对诗歌的政治性问题，有着足够的警惕，因为我们有过一段诗歌从属于政治的历史；在这段历史当中，诗歌作为政治的从属，受到严密的审查制度的监控，听命于某种力量的差遣，并将这种关系绝对化——清除异己和异端。历史在这里打了一个“死结”，但也预留了一个到别处的通道。诗歌作为实现政治理念的工具的做法，已经终结，今天的“政治”也无须诗歌为其摇旗呐喊；与现代传媒对大众的操控与塑造的影响相比，处于边缘和弱势的诗歌，即使摇旗呐喊也无济于事，反而会平添一副谄媚状，今天的“政治”，作为“掌舵与弄潮的艺术，作为经济增长和‘生产’的自然的和平和的发展”[1]，其实深深受控于资本与技术的逻辑和规则，这并不是什么秘密——正像《纸牌屋》所试图理解的那样，“政治”实际上是游刃于资本与技术之间的权力艺术，诗人弗罗斯特在肯尼迪总统的就职仪式上朗诵诗歌，不过是充当了这种权力的润滑剂。那么，我们今天的情形恰好与阿兰·巴迪欧的判断保持了一致：“今天，这些范畴早已烟消云散，化作尘土，再没有人有兴趣在政治上去创造一种新人。相反，各个方面所需要的是保留旧人和各种濒危的动物物种，包括我们古老的玉米；的确，在今天，基因工程的操作可以改变人的物种，它为人的真正变革铺就好了道路。”[2]这里的重点是，诗歌从属于政治的历史所打下的死结，在今天被我们顺理成章地抹平了，就像是我们的二十世纪历史在“启蒙与救亡的双重变奏”中获得了安身之所；这些假设的真理逻辑和单边的历史幻觉，却只不过是换了一种面目，继续催生着现实。

在诗人看来，所有的现实问题最后都是语言的问题，正如我们先有了革命的理念，而后才有革命的事业。一个人死心塌地对生命和财产进行顶礼膜拜，他也必然拥抱一种动物性的幸福生活，这就是诗歌中的“语言—历史”机制——有什么样的语言就有什么样的历史；或者反过来说，历史也在催生新的语言，因而“语言”对假设的真理逻辑和单边的历史幻觉的医治，本身就是一种政治。十八世纪的“启蒙运动”恰是对语言的修改，而完成了对神权政治的拆解，诗歌与政治的关系，正是在这种“语言—历史”机制中，才能避免诗歌从属于政治的教条或诗歌是对政治进行反抗的幼稚病——能够对柏拉图的“高贵的谎言”在历史中的效应有清醒认识的人，会知道这种说法的具体含义是什么，它包含着这样一种认识：将政治的署名权单边地交付给国家机器、政治团体，将政治单纯地理解为经济和社会的治理、权力分配的逻辑、日常生活运行的机制，或者单纯地将为争取政治署名权，持异见者的反抗姿态和批判看作是政治的，都是一种政治幼稚病，历史的死结就打在了这里。一直没有能够得到足够重视的 “朦胧诗论争”，在这里则扮演了重要的角色。因此我们首要的工作是，将这个问题还给历史。

1980年开始的“朦胧诗论争”，最后以“三个崛起”的胜出为结局，其实质是两种诗歌系统的对峙：一种强调诗歌作为“时代精神的号筒”的政治性原则，另一种则强调个人的价值和尊严的审美原则。孙绍振的一个表述，基本上可以帮助我们理解这场争论的实质：“当社会、阶级、时代，逐渐不再成为个人的统治力量的时候，在诗歌中所谓个人的感情、个人的悲欢、个人的心灵世界便自然地提高其存在的价值。”[3]这里面的两种原则的对峙也显而易见，后者的立场在于：时代与个人的之间通道，不能为特定的政治观念所包办；在人道和人性的立场上看，个人的心灵与记忆才是时代的自然通道，才符合人之所以为人的设想；而特定的政治观念、历史前行的方向等等，则属于单边的历史幻觉，因为这种单边的历史幻觉是建立在政治与历史的辩证统一的基础上的，但我们的经验事实却证明，这种同一是一种误解，好的政治也可能带来一种坏的历史局面。因此，个人不必遵从这种单边的历史幻觉，“心灵只从自身获得法律”；这与路德的“因信称义”如出一辙，个人可以不通过教会，而只依靠自己的信仰与上帝建立直接的关系，一个人就是一个教会。无疑，这极大地解放了诗歌，朦胧诗对后来诗歌写作的影响，也正是在这一点上实现的。但问题也随之而来，这种对诗歌的解放，将之从“工具论”的层面松绑出来，也将之放置到了其对立面，正如北岛后来的反思所说明的：“现在如果有人向我提起《回答》，我会觉得惭愧，我对那类的诗基本持否定态度。在某种意义上，它是官方话语的一种回声。那时候我们的写作和革命诗歌关系密切，多是高音调的，用很大的词，带有语言的暴力倾向。”[4]这种回声并不仅限于对官方话语的袭用，而是在于其积极对抗的一面，将诗歌中的抒情主人公从带有阶级立场的“我们”，转变为具有自然属性的“我”，不仅意味着路德改宗式的调整，同时也意味着重新确立历史的起点。这个历史起点后来也被流行的自由主义思潮所收编和认领，决定了后来诗歌写作的主流倾向。

那么，在“朦胧诗论争”当中，借助这种对立，所隐藏的另一个更深层的问题就可以得到一次很好的观察，这个问题就是关于新诗的起源问题。作为与古典诗分门别立的新诗，其在起源处，就奠定了后来诗歌的流变和结构性特征。不过，这里容易产生的误解是，将起源问题与新诗的发生问题混为一谈，将《尝试集》这个开端作为新诗的起源来接受，这种误解源于对历史抱有一种简化的态度。本雅明在《德意志悲苦剧的起源》一书中，对起源问题作出了较为客观的研究，认为起源问题并不是一个一次性的开端，而是围绕着开端和发生随之而展开的"矩阵结构"，正如译者李双志所阐释的，"作为艺术形式的理念，其起源也不会是既成者的一次性出现，而是一个在历史中展开的聚阵过程"[5]。这意味着，起源问题只有在事物或理念最终完成的终结点上，才可以真正被认识，所以本雅明说："源初之物是从不让人识别的，唯有双重的洞察才会见识它的出现节奏。这出现一方面应被认识为复辟或者重建；另一方面又应被认作这个过程的未完成者、未终结者。在每一个起源现象中，都会确立形态，在这个形态之下会有一个理念反复与历史世界发生对峙，直到理念在其历史的整体性中完满实现。所以起源并不会从事实性检验中凸现出来，它所涉及的是事实性检验之前和之后的历史。"[6] 在新诗的理念反复与历史世界对峙的过程中，所初步形成的矩阵结构，在朦胧诗这里初见端倪。诗人们总是试图摆脱历史的诡计和规则的束缚，却无往不在历史的枷锁之中。以《今天》的创刊为标志而浮出历史地表的朦胧诗，勾画了后来诗歌的流变和走向；这流变和走向的中轴线，今天可以清楚地识别出来，北岛后来出版的随笔《时间的玫瑰》为我们指点了这一中轴线的基本图式，就是以现代主义诗歌为其中心，这条中轴线的左边是古典诗歌，右边是新诗中偏重现实主义路向的抒情诗，也包括1949年之后的社会主义诗歌。当代诗的流变基本上是围绕着这条中轴线的摆动。正是在这条轴线上，将近百年的现代汉语诗歌勾画出了三个相对独立的系统或阶段：1917—1949的新诗；1949—1976的社会主义诗歌；1978年开始至今的当代诗。在历史的线索中看，正是因为前两个阶段的存在才催生出了当代诗，后者也必然带有前两者的历史印记。

第一个阶段的新诗被看作是摆脱了古典诗歌“绝对时间”（高友工）的表象方式，“别求新声于异邦”，以“推论的时间模式”来确立新诗书写的现代性品格。废名在《新诗问答》所举的一个例子可以很好地说明，这两种诗歌模式的转变，“我还是拿李商隐来说，我看他的哀愁或者比许多诗人都美，嫦娥窃不老之药以奔月本是一个平常用惯了的典故，他则很亲切地用来做一个象征，其诗有云：‘嫦娥应悔偷灵药，碧海青天夜夜心’，我们以现代的眼光去看这句诗，觉得他是深深地感受着现实的悲哀，故能表现美；他好像想着一个绝代佳人，青天与碧海正好比是女人的镜子，无奈这个永不凋谢的美人只是一位神仙了。”[7]另外，鲁迅《一觉》中的一个段落，也是一个很好的例子：“漂缈的花园中，奇花盛开着，红颜的静女正在超然无事地逍遥，鹤唳一声，白云郁然而起……这自然是使人神往的罢，然而我总记得我活在人间。”[8]这两个例子中的“无奈”和“然而”都强调了时间的改变。所谓“推论的时间模式”，所强调的是变化和历史的生成，“推论的时间模式是相对的，现在和过去或将来形成对比”。[9] 因而，诗歌也与历史保持着一种良好的互动关系，“它是要求写作语言能够容纳某种‘当代性’或‘现代性’的努力，进而成为一个在语言功能上与西语尤其是英语同构的开放性系统，其中国特征是：既能从过去的文言经典和白话文本摄取养分，又可转化为当下的日常口语，更可通过翻译来扩张命名的生成潜力。正是微妙地维持这三种功能之间的生态平衡，而不是通过任何激进或保守的文学行动，才证实了这个新系统的‘活’的开放性，也才产生了有着革新内涵的、具备陌生化效果的生效文本”[10]。新诗的这种书写方式，也确立了现代汉语诗歌的基本表象方式，文言、白话与西语的杂交，塑造了新诗的复杂面目，但其总体的写作成绩被看作是不突出的，“缺乏一种崇高，只有一种迷乱”[11]，是一种未完成的现代性写作。

第二个阶段（1949—1976）的社会主义诗歌，这个时期的写作被看作是新文学“启蒙神话”的一个极端表象，诗歌对现实的介入与对“乌托邦”的确认，使其与社会主义实践捆绑在一起。诗人张枣将支配这一系统的核心原则称为“太阳神话”，是西方启蒙运动中“理性神”的一个变形。因此，“太阳”意象所具有的光明、进步、乐观、明朗的主宰含义，也驱逐了新诗中的阴郁、私密、晦暗、独语的属性，而要求诗歌明确、纯粹、直接、崇高，代表历史进步的方向；诗歌与历史合二为一，也与权力融为一体，因而，词与物之间的含义，是固定而明确的，语言是简单而富有激情的。现实与历史是同一的；产生于“太阳神话”这个系统中的“政治抒情诗”也因此被看作是其最高成就，它的评价标准在于历史的真实与行动的至上性，因而也具有排他的特征。但这一时期的写作也被诟病最多，甚至被完全否定，原因在于将诗歌从属于政治的做法，意味着诗歌主权的丧失，意味着诗歌独自担当世界之文学角色的被剥夺，从而导致其诗歌写作的失败——“‘太阳神话’导致了文学的窒息，这种话语权威导致了一套话语体系，配置这个体系就要有一个说话的调式、一个说话的声音，宏大的、朗读性的、简单的，而不是隐喻的、曲折的、美文的”[12]。

第三个阶段自1978年开始至今的当代诗，以北岛为代表的“朦胧诗群体”的出现作为其明确的开端，且以对“太阳神话”系统的拒斥和对现代性写作的追求为其开端的原则，用张枣的观念来表述，就是“当下汉语诗歌，是具有自觉的现代性写作，即先锋诗的写作，是诗歌领域唯一有意义地表达了中国人现代真实主体和心智的写作……一般来讲，现在的文学史写作，以敏感到和显示了这个传统的源头，即以北岛等为代表的朦胧诗”[13]。这一时期的诗歌也因而与西方现代主义诗歌的关系最为紧密。事实上，1978年以来的当代诗，自觉将自己放在“太阳神话”系统的对立面，并追求以“个体”为中心的现代性书写，曾两次被裹挟到文化转型的浪潮中，并也因此沾染了当代文化的某些基本品格。

其第一次发生在“新时期”，“文革”结束后的“新时期”，以“人性”“人道”“现代化”等为基本内容的思想解放运动，塑造了上世纪八十年代文化的基本品格，其基本内容可以用三个命题来简略概括：一是对原有体制及其“意识形态真理”的解构；二是将被阶级斗争所绑架的“个人”解救出来，重构生活世界的主体；三是以现代化为目标，重塑中国在世界历史进程中的道路。这些内容是以对十七年或“文革”的历史批判为前提的，立足于对“乌托邦”政治和历史道路的不信任和反感，也催生出对任何形式的“左翼政治”“左翼文学”的敌视和反对，在文学领域，“纯文学”“诗意”“审美”“真实”“个人的想象”“文学的自主性”等话语，开始获得了中心的位置，并以此建构了具有垄断性的文学体制，对后来的九十年代文学具有支配性的影响。八十年代的诗歌写作，就影响力而言，以“朦胧诗群体”和“第三代诗歌群体”为代表，而所谓的影响力，并不能帮助我们确定一个诗人最终的文学价值，仅仅说明其作品和其所影响的时期构成了一种互文的关系，最简单地说，就是其作品具有那个时期所要求的文化品格。原因很简单，仅当一个作品不再作为一个作品，也就是在其传播过程中，胀破了诗学法则的束缚，而能够去介入伦理的、政治的或是文化的法则和内容时，影响才真正开始。因此，我要说明的是，参与了八十年代“去政治化”运动的“朦胧诗群体”和“第三代诗歌群体”，将这一时期的文化品格内化为当代诗诗学体制的一个法则，其诗歌对政治的远离、反讽或者解构，意味着诗歌可以保持自身的纯洁性和艺术上的自觉性。所以，对于今天的某些诗人来说，一提到诗歌的政治性问题，他们马上想到的是贺敬之、郭小川的政治抒情诗；或者，诗歌的政治性问题和“文革”问题一样，是已经判决了的，无须再作考虑。

第二次发生在上世纪九十年代。整个九十年代是处于“发展主义”的历史模式的操控之下的，其所奉行的“以经济建设为中心”的具体实践，重塑了当代中国的阶层结构、权力结构和文化机制；而究其实质，是在官僚和专家共同治国的前提下，重新对社会角色进行分配。文化机制上最根本的变化是，学院与研究机构、媒体和政府在博弈中共同决定文化的主流价值和生产模式；在这一机制当中，当代诗也难逃被边缘化的命运，原因在于，当代诗的“表象”方式与文化机制的生产模式相去甚远。九十年代的文化机制中偏重实证化、经验化、理论化以及并行不悖的娱乐化、消费化、“去政治化”的表象方式，使得当代诗这个异类在以民刊、自费出版、网络发表、诗歌节等形式形成的小圈子里自我循环，而无法进入文化机制的生产模式中，也就无法发挥其在八十年代的那种影响。正如张旭东对当代一个文化现象的描述，恰说明了这种生产模式的一个基本特征：在今天我们“关于民主的讨论，不得不先经过托克维尔或伯克这个迂回；关于社会经济的分析，必须求助于韦伯、波兰尼或者哈耶克的行话。为什么知识分子的社会政治看法常常要拐弯抹角地通过海德格尔或是本雅明的语言？为什么大众文化研究要借用詹姆逊或是伯明翰学派那里借用大量的东西？”[14]在这种机制当中给以“故事”为表象方式的小说留出了一个通道，而诗歌和先锋戏剧作为一个异类，仅出现在“花边新闻”的报道中——媒体对诗人自杀现象和徐志摩现象的过度消费，倒是说明了其与当代诗的隔膜；甚至当代最好的小说家，都不能真实地了解这个诗歌小圈子在做些什么、想些什么或写些什么。而自成一个系统的、以“斜向地抓取事物”为基本表象方式的当代诗，却也没能逃脱九十年代文化氛围的渗透式影响，并将这种影响内化为其诗学体制的一个法则；简单地说，就是对宏大叙事的拒绝，对个人经验和感知的依赖，对日常生活主题的迷恋。

这一原则的确立，也有着后现代主义文化的影响，这一影响是伴随着九十年代中国被日渐紧密地嵌入全球资本主义系统的进程而得以实现的。阿兰·巴丢有一个说法，二十世纪的现代主义诗歌最终战胜了哲学，成为那个时代最有力的表象形式；那些最富于创造力的诗人，比如马拉美、兰波、佩索阿、里尔克、特拉克尔、曼德尔斯塔姆、保罗·策兰等，成为了哲学家最亲密的思想密友，而不是曾经的数学家、物理学家。巴丢所说的这个时代，在二十世纪后半期就已经开始衰落，并最终以后现代的形式将其取代，七十年代以后兴盛的“自白派”“垮掉派”“纽约派”，以及以米沃什为代表的东欧诗歌等，都有着反现代主义诗歌的倾向；最明显的区别，是其以“此时此刻”的时间取代了现代主义诗歌中的“绝对时间”。米沃什在《反对不能理解诗歌》一文中，已将这个转变的轨迹描述得清楚明白，并以“非人性化的诗歌”来指称自象征派以来的现代主义诗歌。米沃什据此力争的证据是：“似乎我们是‘现代性’这个名目所承载的复杂观念陷入崩溃的目击者，在这个意义上，‘后现代主义’这个词是适用的。诗歌反正已经变得更谦卑了，也许是因为对艺术作品的永恒性和持久忍耐力的信心已经削弱了，当然，这是鄙视诗歌常规训练的基础。换句话说，不再只是关注它自身，诗歌开始转向外部。”[15]当然，米沃什所说的外部，仅仅指的是具体的事物，是与现代主义的“上帝”“天使”“圣女”“牧羊人”等纯诗意象相对的事物。一直以西方现代主义诗歌为师的当代诗，在九十年代也开始悬搁其与现代主义诗歌所共享的“存在”主题。

02

在新诗所呈现出“矩阵结构”的图式中，我们所谈论的当代诗的政治性问题，就不仅仅是一个诗学的问题，而是新诗的理念与历史世界再一次对峙以及试图实现自身的结果。正如在新文学的开端处的两个重要文献——《论小说与群治之关系》和《摩罗诗力说》——所建立的文学与民族国家共同体的关系所显示的，诗歌的政治性问题，首要在于其与共同体的关系；这一关系在1917—1949的新诗阶段，被表象为文学与改良社会的双向互动模式，《摩罗诗力说》中的三个立意——“求古源尽者将求方来之源”“别求新声于异邦”“援吾人出于荒寒”，则是在这一模式中将诗歌与共同体的命运连接在一起；在1949—1976的社会主义诗歌阶段，这一关系则显露为对“乌托邦”的单向度确认，诗歌与政治理念的同一，诗歌直接是政治本身，则表明这种单向度的确认是在过度强化诗歌的现实功能的基础上完成的，也必然会激起强烈的反弹。自1978年开始至今的当代诗，则持有一种“反政治”或“去政治化”的倾向，“政治”与“审美”，与“个人生活”的对立；所设置的藩篱，也表现为对诗歌本体的强调，以及将“政治”作为特定的概念来理解。

关于这一问题的讨论，当代诗的批评话语中有这样几种流行的说法：一种认为，诗歌中的政治性体现在诗人在其作品表达出的鲜明的政治观点和政治立场。有时，这种观点也可以简化为诗人应具有苦难与承担意识，在当下的政治生活中，扮演一个对抗的批评者和历史见证人的角色。耿占春的一个说法与这种观念颇为相合：“在‘奥斯维辛’之后，我的感情开始怀疑那些玄奥的学术思想：它在感情上不再信任任何关于存在具有言谈或语言话语这一类的语言哲学的幻想。对‘奥斯维辛’记忆，语言说了什么？我感到被压抑着的、沉默着的、痛苦的、无言的，不是语言，而是一个人的内心。”[16]因而，所谓的“见证”，即指在扮演一种真理主体的角色，个人的经验和信以为真的观念，充当了见证的尺度，前提是对“个人的真实”与真诚的确认，以此作为见证的道德基础。这种政治意识在当代诗歌中颇为流行，也不乏具体的作品实践，比如北岛早期的诗作《回答》、王家新的《帕斯捷尔纳克》以及桑克的一部分诗歌，例如桑在《愤怒》中所写：“我越来越愤怒/我一天比一天愤怒。/我一秒比一秒愤怒。/我不想愤怒，我不愿愤怒。/我恨不得满墙写满制怒。/我恨不得变幻出一千双手，/伸到自己的胳肢窝中。/恨不得扯开自己的嘴角，/让它露出一丁点儿的笑容。”[17]

另一种说法可以用“公共诗歌”这个词语来概括。这个词的使用带有强烈的伦理意味而指向公共生活的正义问题；玛莎·努斯鲍姆在发挥惠特曼的一个诗歌观念时，明确了这个词的具体含义：“关于美国的政治争论，华尔特·惠特曼写道，文学艺术家是一个亟须参与其中的群体。诗人是‘复杂事物的仲裁人’，是‘他的时代和国家的平衡器’。他的强大想象力‘看出永恒就在男人和女人身上’，而‘不把男人和女人看得虚幻或卑微’。”[18]如果说，见证的诗歌充当了证人的角色，那么“公共诗歌”则扮演了法官的角色，它裁决，并试图给出正义的答案。因此，“公共诗歌”的概念是完全不同于左翼文学中的“介入”诗歌的含义，它并不服务于特定的政治理念，而是将诗歌的文学想象看作是公共理性的一个组成部分，“是因为我觉得它是一种伦理立场的必需要素，一种要求我们关注自身的同时也要关注那些过着完全不同生活的人们的善的伦理立场”[19]。在我们的诗歌语境当中，年轻的批评家余旸的观点，可以看作是这方面的代表，他认为：“当下，社会各层次的矛盾全方位绽开，各个专业领域内暗潮汹涌，思想极度活跃张扬。诗人作为社会中的一员，不得不在社会生活中积极投入自己的社会政治考量，如果‘政治’不被偏狭地理解为黑暗或专制集权的代名词，而指向改善人与世界的关系，重建社会契约联动性的思考方式的话。”[20]在诗歌写作方面，则有萧开愚的《向杜甫致敬》《破烂的田野》及孙文波的《与无关有关》系列等作品。正如萧开愚在《向杜甫致敬》的开篇处所写：“这是另一个中国。为了什么而存在？/没有人回答，也不/再用回声回答。/这是另一个中国。一样，祖孙三代同居一室/减少的私生活/等于表演；下一代/由尺度的残忍塑造出来/假寐是向母亲/和父亲感恩的同时/学习取乐的本领，但是如同课本/重复老师的一串吆喝；/啊，一样，人与牛/在田里拉着犁铧耕耙/生活犹如忍耐；/这是另一个中国。”[21]它指向了一种全景式的观察与仲裁。

第三种观念强调诗歌“反政治”的功能，并将诗歌的“反政治”作为诗歌政治性的基本要义而加以宣扬。这是现代主义诗歌内在逻辑的一个延伸，我们可以参照海德格尔的一个经典判断作一点说明。海德格尔认为在现代世界，“艺术进入美学的视界之内了”[22]，从而摆脱了政治和伦理视界的约束，因此像萨德这样的作家是难以见容于古典文学的观念里的，但在现代艺术的美学视界之内却成为经典的文学模式。“根据现代的观点，诗的东西是超越于基本的公共政治关切的；艺术家更接近于反政治的波西米亚而不是政客。只要一说到诗的政治解释，就会要么被怀疑为试图作为意识形态的武器，要么是在输入外来学说。”[23]因此，在这种模式当中，驱动语言和主题的动力，并不是来自于法律和道德上的善，而是“感性”或“感知”的美学化。正如苏格拉底试图将诗人驱逐出理想国时所给出的理由：“如果你越过了这个界限，放进了甜蜜的抒情诗人和史诗，那时快乐和痛苦就要代替公认为至善之道的法律和理性原则成为你们的统治者了。”[24]在这里，我们可以看到的，是美学中的“必要的天使”（史蒂文斯），在法律和道德的正确性之外而成为政治和伦理的一个调节器和“诗意”的政治决断，它因而也对共同体的基本原则持有一种冷漠的态度，或是对共同体本身就不信赖。奥登所描述的一类诗人，和我们的情况大体相仿：“当在过去的时代还有一个所谓的共同体存在时，诗人的自我发展的直接成果就是诗人的作品，这作品虽然是来自于、至少是部分来自于他生命；无论同意也好，不同意也好，这生命始终是隶属于共同体并且他是作为共同体中的一员而存在的。可是当一个时代里只有大众存在，他的自我发展受不到外部大环境的滋养，结果是，如果他不用自己的自由意志代替共同体去接管指导自己人生方向的这个任务，他的诗歌就会任由个人事件、爱情事件、疾病、亲人亡故等经验摆布而毫无办法。”[25]另外，关于这种类型的诗歌在语言方面的努力，诗人张枣对后朦胧诗中某种倾向的判断，就是来源于这种观点的一个变形："当代中国诗歌写作的关键特征是对语言本体的沉浸，也就是在诗歌的程序中让语言的物质实体获得具体的空间感并将其本身作为丰富诗意的质量来确立。"[26]

这三种观点在当代诗歌写作和诗歌批评中被反复地征用，且都有着强大文学传统作为支持，而成为当代诗歌论争的一个焦点。争论的各方，都自以为抓住了当代诗歌的命脉，甚至不惜以大的历史和全称诗歌的名义来贬低对手的诗歌观念和写作，借此来划定和巩固自己的诗歌领地；并且认定自己的领地是处于历史关口中的关隘，尽管这个领地仍然是一个狭小的、最终将被吞没的岛屿。无论这种争论的意义多么重大，诗人和批评家都不得不承认这样一个事实：当代诗歌处于一种被隔离的状态，因而这种争论更像是一个孤独的小圈子内的械斗；而这个被隔离的状态，却被那些急于给社会开药方的学者们认为是诗人自甘堕落的结果，是诗人丧失了道德感和现实关怀的必然结果。对当代诗歌有所认知的读者，都会觉察到，这个判定也只是隔岸观火。在这一背景下，关于诗歌政治性的讨论，也就不仅仅是诗歌如何回应现实、如何界定诗歌的现实功能的问题，而根本是如何重新定义当代诗的诗学体制以及诗歌的表象方式的问题。诗歌是天才的事业，但也需要足够开放的诗学体制能接受天才的存在。新诗的"矩阵结构"所形成的诗歌系统，以其组织运作方式和评价机制构成我们能够认知的诗学体制，在某种意义上决定着诗歌的生产、认同方式和想象方式。因此，与其在这些体制间设置路障藩篱，倒不如拆除界限，以拓宽我们的诗学空间。

在"当代诗"的范畴之内讨论诗歌的政治性问题，是基于从新诗的起源问题中所观察到的一个古典的维度——其正如本雅明所着重强调的："在每一个起源现象中，都会确立形态，在这个形态之下会有一个理念反复与历史世界发生对峙，直到理念在其历史的整体性中完满实现。”在新诗的起源问题中，反复与历史世界发生对峙的，正是这样一个古典的维度。所谓的“古典维度”，指的是与现代主义相反的历史维度，早期的新诗在今天曾被指责为过度的“浪漫主义化”及“十九世纪化”、不够现代，其实是忽略了早期新诗诗人试图建立诗歌与共同体以及历史的关联的努力，如果我们忽略了浪漫主义带有神学或乌托邦色彩的历史观念的话；更具体地说，这个古典维度集中体现为，诗是一个民族教化的一部分，“并能提供关涉人类德行和对高贵的生活的热切渴望所必不可少的教训”[27]——这也是中国古典文学的一个重要向度，所谓“《诗》教也”，除却其在道德义理方面的特定含义和目的之外，对我们来说，重要性在于其赋予诗歌在历史、政治和伦理的维度中作为自己民族的立法者的身份。我们知道，作为新文学开端的《论小说与群治之关系》，虽然明显地受到了日本明治政治小说观念的影响，但在服部抚松等人的政治小说观念背后，也被证明是有着中国古典小说中“劝善惩恶”理念和经学思想的指引[28]；这种影响、相关性以及因果关系等，并不是在循环论证中国古典文学的重要性，而是在提请我们注意，这种在现代世界所共享的古典维度，其首先着眼的是共同体及其原则问题。因而在今天，这种立法者的身份用歌德的话来表述就是：“一个知道自己使命的诗人因而需要不懈地为其更进一步的发展工作，以便使他对民族的影响既高贵又有益。”[29]所以，歌德训诫“首先要学习希腊人，永远学习希腊人”，与苏格拉底将荷马认定为是希腊人的老师，同属于我们要讨论的这一古典维度；而按照米沃什的简明说法，则是诗人应站在“人类大家庭”的一边。米沃什的立论，建立在对十九世纪中叶以来的现代主义诗歌判定的基础上，他认为“自十九世纪中叶起，诗人就一直是外人，是反社会的个人，至多不过是某个亚文化的成员。这便造成‘诗人与人类大家庭之间的分裂和误解’的永久化。”[30]事实上，当浪漫主义者将“审美判断力”提升为发动诗歌的核心机制时，这种分裂和误解便已经开始了，如阿兰·布鲁姆所言：“浪漫主义运动兴起以来，对诗的本质的理解有所变化。如今，将诗视为自然的镜子，或者解释说诗在教育什么东西，已被看作是对神圣艺术殿堂的玷污。”[31]当然，这种观念当中存在某种偏见，考虑浪漫主义本身的复杂性，尤其考虑到诺瓦利斯《基督世界与欧洲》中历史神学的思想，我们应对阿兰·布鲁姆的观点作限定的理解，而将注意力放在“古今之争”的思路上。

中国当代诗的写作，虽然也有一个古典的维度，但基本上局限于远离“教化”的“技艺”层面，其诗歌意识、语言的图式，以及主体意志所朝向的“现实”关联，总体上是被现代主义诗歌的逻辑所把持，其与古典之日远，与总体性世界的疏离，使得其对当代的发言和教诲，更像是一个局外人。我们承认，当代诗中有不少的优秀作品和真知灼见。但其灼见依照现代主义诗歌的逻辑来说，往往是以“审美”“想象”和“主观抒情”来代替判断；而诗歌之古典维度要求想象与判断兼备，无想象则语言不富丽堂皇不足以悦人，无判断则文字轻率而使人见恶；而其判断，则要有政治、伦理和哲学的眼光。现代主义诗歌对现代世界的过激反应，使得“它把宗教、哲学、科学、政治从其领域内清除出去，甚至消灭所有其他艺术分支的方法和倾向可能对诗人产生的影响”，[32]导致其想象发达，而判断盲弱。因而，这里的诗歌的政治性，所指向的是当代诗的“判断”的一面，也就是与总体性世界的关联问题，而非某个具体的政治理念。无疑，“古今之争”的问题再一次回到我们的视野，正如席勒试图以“素朴的诗”与“感伤的诗”来指认这一问题的基本面目——席勒认为，具有古代风格的“素朴的诗”，“有太接近庸俗现实的危险”；而具有现代风格的“感伤的诗”，会使“大众在老远就望而止步”[33]，因为其观念和反思的特征，令一般读者无动于衷。而在今天的现实当中，奥斯卡·米沃什的观点则将这一问题的逻辑充分暴露出来，并指出了这一问题的未来图景，其以荷马和但丁来对抗以庞德和艾略特为代表的现代主义诗歌；后者的“憔悴的小诗歌”只是“最后耗尽和衰老时的傻话”，是以阴郁的末世论情调谈论着所发生的一切；而诗歌的真正希望，在于诗人与人类大家庭的和解，在于“直到出现一位伟大的、受神灵启示的诗人，一位现代荷马、莎士比亚或但丁，他将通过放弃他那微不足道的自我、他那常常是空洞和永远是狭小的自我，加入比以往任何时候都更有活力、更富生机和更痛苦的劳动大众那最深刻的秘密”[34]。奥斯卡·米沃什的见解是富有启发和深意的，也直接将当代诗的政治性问题带回到“古今之争”的核心地带；在这一核心地带如何充实和拓展新诗的“古典维度”，则是关键，它理应实现“古今”的和解，并带来一种伟大的诗歌。

---

1. 雅克·朗西埃《政治的边缘》，姜宇辉译，上海译文出版社，2007年，第4页。
2. 阿兰·巴迪欧《世纪》，蓝江译，南京大学出版社，2011年，第10页。
3. 孙绍振《新的美学原则在崛起》，《诗刊》，1981年3月号。
4. 北岛《中文是我唯一的行李》，《书城》，2003年，第2期。
5. 本雅明《德意志悲苦剧的起源》，李双志译，北京师范大学出版社，2013年，第11页。
6. 本雅明《德意志悲苦剧的起源》，李双志译，北京师范大学出版社，2013年，第26页。
7. 废名《新诗讲稿》，北京大学出版社，2008年，第4页。
8. 《鲁迅全集》第一卷，新疆人民出版社，1985年，第266页。
9. 高友工，梅祖麟《唐诗三论：诗歌的结构主义批评》，李世跃译，商务印书馆，2013年，第123页。
10. 张枣《朝向语言风景的危险旅行》，《张枣随笔选》，人民文学出版社，2012年，第172页。
11. 张枣《关于当代新诗的一段回顾》，《张枣随笔选》，人民文学出版社，2012年，第165页。
12. 张枣《关于当代新诗的一段回顾》，《张枣随笔选》，人民文学出版社，2012年，第165页。
13. 张枣《文学史……现代性……秋夜》，《张枣随笔选》，人民文学出版社，2012年，第193页。
14. 张旭东《全球化与文化政治：90年代中国与20世纪的终结》，朱羽等译，北京大学出版社，2014年，第49页。
15. 米沃什《反对不能理解的诗歌》，程一身译，《上海文化》2011年，第5期。
16. 耿占春《一场诗学与社会学的内心争论》，《辩难与沉默：当代诗论三重奏》，作家出版社，2008年，第45页。
17. 桑克《愤怒》，《冬天的早班飞机》，人民文学出版社，2012年，第111页。

18. 玛莎·努斯鲍姆《诗性正义：文学想象与公共生活》，丁晓东译，北京大学出版社，2010年，第3页。

19. 玛莎·努斯鲍姆《诗性正义：文学想象与公共生活》，丁晓东译，北京大学出版社，2010年，第7页。

20. 余旸《“技艺”的当代政治性维度》，《中国诗歌评论》2012年复出号，上海文艺出版社，第52页。

21. 萧开愚《向杜甫致敬》，见《此时此地》，河南大学出版社，2008年，第149页。

22. 海德格尔《世界图像的时代》，《林中路》，孙周兴译，上海译文出版社，2004年，第77页。

23. 阿兰·布鲁姆《政治哲学与诗》，张辉选编《巨人与侏儒》，秦露、林国荣、严蓓雯等译，华夏出版社，2003年，第112页。

24. 柏拉图《理想国》，郭斌和、张竹明译，商务印书馆，1986年。

25. 奥登《耐心的回报》，叶美译，《上海文化》2014第6期。

26 张枣《朝向语言风景的危险旅行》，《张枣随笔选》，人民文学出版社，2012年，第174页。

27. 阿兰·布鲁姆《政治哲学与诗》，张辉选编《巨人与侏儒》，秦露、林国荣、严蓓雯等译，华夏出版社，2003年，第113页。

28. 旷新年《中国现代文学理论批评概念》，清华大学出版社，2014年，第106页。

29. 《歌德谈话录》，1827年4月1日，转引自张辉选编《巨人与侏儒》，第113页。

30. 米沃什《诗的见证》，黄灿然译，广西师范大学出版社，2011年，第37页。

31. 席勒《论素朴的诗与感伤的诗》，《席勒美学文集》，张玉能译，人民出版社，2011年，第344页。

32. 米沃什《诗的见证》，黄灿然译，广西师范大学出版社，2011年，第34页。

33. 米沃什《诗的见证》，黄灿然译，广西师范大学出版社，2011年，第36页。

34. 阿兰·布鲁姆《政治哲学与诗》，张辉选编《巨人与侏儒》，秦露、林国荣、严蓓雯等译，华夏出版社，2003年，第111页。

论分行：以中国当代新诗为例

作者/一　行

一行，本名王凌云，
一九七九年生于江西湖口，
现居昆明，执教于云南大学哲学系。

01 引言

诗，在现代世界中作为一种主要由分行来标识的文体，其精微之处存在于“字里”与“行间”。对于我们时代的诗人来说，字词的选择与行的分布，无疑是一切技艺中最为基本的技艺。曾有人将思想向语言的转换比作“犁地”的农活[1]，这样看来，诗歌中字词与行之间的关系，就如同农田里的“作物”与“田垄”之间的关系。田垄的排列分布状况，不仅决定着一块田地的外观，也暗中分配着田地里那些隐匿的、不可见的力量，为作物的生长提供透气和自由伸展的可能空间。与擅长打理田地的农夫相似，那些手艺高超的诗人，不仅在措辞方面讲究准确、得体，在分行时也总是深思熟虑。行的长与短、疏与密、整齐与参差、分断与空白，在很大程度上规定着诗的速度、节奏、气息和意义转换方式，并最终塑造着整首诗的形式感或语言空间形态。在现当代诗人那里，“如何分行”既是一首诗的总体战略问题，又是诗歌局部的微观技艺问题；既属于写作开端处必须考虑的初始规划，又是写作临近完成时后期处理的着重点。这意味着，对分行问题进行深入而细致的讨论，对于诗学研究来说乃是基础性的工作。

本文试图在中国当代新诗的写作与阅读的论域中，对诗歌中的分行问题进行透视。这种透视将从三个方面进行：首先，从对汉语诗歌的“古今之变”的理解出发，阐明“分行问题”为何会在汉语新诗中成为一个真正重要的、需要不断予以重新解决的问题（而非像古典诗词那样不需要考虑这一问题），以及这一状况对于汉语本身来说究竟意味着什么；其次，从对诗的语言空间形态的诸层面的考量入手，比如它以不同的方式同时牵涉到诗歌语感的三重维度（视觉、声音与意义），并且与诗歌的“声情问题”密切相关，将“分行问题”作为一首诗的总体战略问题进行探讨；最后，从诗歌细节处理的角度，对作为微观技艺的分行处理方式进行举证说明，并显示某些特殊的分行方式在一首诗中的具体作用。通过这样的透视，本文试图表明：只有从一种历史性的视域出发，并且从真实的写作、阅读和反思而来，才有可能对诗学问题进行真切具体的讨论；值得研究的诗学问题，也并不只是那些宏大、艰深的理论问题，而可能是一些貌似细微、繁琐但却关涉到诗歌整体和诗艺之微妙处的问题。

02 分行问题的起源：诗的听觉形式与视觉形式

一切诗学问题都是历史性的，都要受到历史语境和历史条件的限定。就汉语诗歌中的分行问题来说，一个非常明确的事实是，它主要是在新诗的写作中才凸显出来，成为一个逼迫诗人们不断去思考的问题。只有现代诗人才会在每一首诗的写作中都耗费心力去处理“如何分行”，而中国古典诗人只需要考虑采用何种诗歌体裁（这些体裁本身预先包含着一套固定的格律）来进行吟咏或写作。

为什么汉语诗歌只在演变为新诗时才会出现分行问题呢？一个常见的回答是：分行是新诗从西方诗歌中引进的，由于新诗学步西方诗歌，才会使得分行成为了一个问题。然而，这一暗含对新诗之贬低的回答，所说出的只是这一问题的表面性的、直接的原因，而没有真正追问分行对于新诗的必要性和意义何在。中国新诗的分行究竟是出于这种新的诗歌体裁的内在要求，还是只是简单地学习、移植西方诗歌的产物？进一步说，“行”在诗歌中究竟意味着什么或占据什么位置？为什么在西方诗歌中就会出现“分行”这样一种现象（而不是像中国古诗那样无须分行）呢？

如果我们追溯分行在诗歌中的起源，我们会发现，它是由书写和印刷对诗的视觉呈现所引起的。“行”，从定义上说就是指一首诗在平面媒介（纸、帛、简、显示屏等）中显示时的一个视觉单元。一旦对诗句进行视觉上的空间排列，就可能产生分行。而分行本身的意义、目的和性质，在历史中也发生着一些可以察觉的变化。大多数诗的视觉呈现都是以分行来进行的（当然中国古诗也可以不分行书写）；但分行成为一个问题，则主要发生在现代诗中——这是由于在古典诗歌（无论中西）中，格律已经规定了诗的整体形式，诗人无须对分行进行考虑；且古典诗歌是以听觉为中心的，而它在平面媒介中的视觉呈现方式并不重要，这一点在口传诗歌的时代是不言而喻的（比如《荷马史诗》和《诗经》的最初传播方式）；即使是在书写、造纸术和印刷术出现之后，古典诗歌以纸媒进行传播时，仍然没有改变以听觉为中心的特征，比如中国古代的诗词抄本、印本中就没有分行，甚至连标点都没有，这是由于读者事先已经知道其押韵、停顿和节奏规则（这些都是听觉规则）。古代汉语的单音节性质、孤立语特征和格律对诗句的格式塔规定，使得一句诗内部不需要任何停顿，停顿只发生于句与句之间；这样一来，分行对中国古诗来说就是不必要的。而西方语言的多音节词语性质、高度屈折的句法特征和从句结构，使得一句诗中也经常发生停顿，当这种停顿需要在视觉中得到强调时，就会以分行的形式出现。不过，直到浪漫主义时期，西方诗歌中虽然有分行，但其分行方式一直是用来显示一首诗的听觉特征（押韵、音步和停顿）；换句话说，在古典诗歌中，即使存在着分行或可以分行，这种分行也主要是附属于诗的听觉形式的。

分行问题产生于诗歌重心的历史性转变的过程中：在现代世界，诗歌形式的中心，开始从“听觉”这一极向“视觉”那一极移动。对于以听觉为主的古典诗歌来说，韵和节奏是其首要因素，诗歌首先是用来听、诵、歌、咏的声音形式；印刷术的出现并不能从一开始就改变这一情形，但可以逐渐地使诗歌在形式方面的重心向视觉方向偏移——一旦情况变成人们主要是在“看”诗，而不是在“听”诗或“诵”诗时，分行就摆脱了对听觉或声音形式的附属地位，成为一种独立的视觉形式要素。现代世界作为一个以视觉媒介（文字、符号和图像）为主、严重削弱了听觉媒介权力的时代，使得人们的阅读习惯发生了改变。如今，一首诗的意义生成主要是通过看，而不是通过听（哪怕是想象中的听）。在主要用于观看的诗中，分行比韵更重要；同时，这种分行所产生的停顿，主要是一种基于视觉的停顿，而不是基于听觉的停顿。就中国新诗来说，一个事实是：纸和显示屏是当代新诗的主要媒介，对诗的阅读在很大程度上是一种视觉活动，我们首先是用眼睛来读的（对诗的“听”奠基于“看”之上）。这不仅意味着我们所首先接触到的是由诗行的长与短、整齐与参差形成的诗的整体视觉形态，而且意味着“行”的存在被凸显出来，可以独立于句子的完整性而自身形成意义。

因此，在汉语诗歌中只有新诗才有分行问题，古诗谈不上“行”和分行问题（中国古诗按现在书籍出版的印式当然是有“行”的，它们已被现代以来的出版体系和阅读习惯所同化）。新诗中的分行并不只是移植西方诗歌的产物，也不只是为了将诗与其他文体区分开来的功能性标识。我们也可以将新诗的分行方式区分为两种类型：继续以听觉形式（韵和声音停顿）为侧重点的分行方式，和以视觉形式（整齐、参差、图案）为侧重点的分行方式。当然，对于不少诗人来说，他们试图综合这两种分行方式，将诗的声音与诗的视觉完美融合。不过，即使是对于那些特别注重诗的听觉形式的诗人，他们在进行分行处理时所考虑的东西也与古典诗人有很大不同。这是因为，新诗作为一种主要由“自由体”构成的诗歌形态，其听觉形式已经越出了格律的约束边界。格律的消失，使得现代诗人在考虑诗的听觉形式时，也必须在每一首诗中都重新制定出停顿和节奏的规则，并使之显示于诗的视觉形式中。

03 从格律到分行 汉语诗歌的古今之变

在古典诗歌中，诗的形式问题主要是一个类型化的体裁问题，而不是一个不断差异化的、具体到每位诗人、每首诗的问题，它在具体写作之前已经被预先地、一劳永逸地解决了[2]。如果我们沿用前文中所采用的“种植”隐喻，那么古典诗人只需要在现成的、标准化的“田垄”上种下自己的个人化的“作物”就行了，这些“田垄”的长短、疏密和间隔方式都已经按照先在的标准程式规定完毕[3]。现代诗人则不同，他们必须每一次都在未经规划和开垦的语言之野中开辟、划分出一块“田地”，并按照不同的主题和情境要求重新安排、调整其“沟垄”的分布形态。在这里，不仅“作物”的种类，就连“田地”的大小形状、“沟垄”的分布排列也都是完全个人化的，且几乎在每一首诗中都需要重新考虑。

在汉语诗歌的历史中，作为一个差异化问题的“分行问题”是与新诗的诞生同步出现的，它意味着汉语诗歌本身的“古今之变”。这一变迁，通常被表述为“自由体诗歌”的兴起与“格律体诗歌”的没落。“格律”包含着对诗歌的声韵、句式、行数、每行字数和对偶关系的一整套程式化的规定，而在自由体诗歌中，这些规定基本上都被废黜。因此，分行问题的凸显与自由体诗歌的兴起直接相关。那么，为什么格律体诗歌（包括西方的格律体）会在现代世界中逐渐式微，并被自由体诗歌所取代？这一问题牵涉到“现代性”对人类生活秩序的改变。在语言秩序与生活秩序之间有一种深层的同构性（这是原理层面的同构，而非完全同构），因而我们可以将诗歌形式的“古今之变”，理解为生活秩序的“古今之变”在语言中的一种体现。

格律体诗歌所依托的世界图景是一个稳定的、由共同体的礼法构成的古典秩序。在这一秩序中，每个人在“家与城”或“家-国-天下”的伦理-政治关系中具有一个固定的位置（等级制中的某种“身份”），并从对礼法的遵循而来具有自身的德性。在古典共同体中，个体的人扮演着一个功能性的角色，他之所以是一个“好人”，是因为他在其位置上尽到了其“本分”——有作为儿子的孝顺，有作为父亲的慈爱，有作为战士的勇敢，有作为臣子的忠诚[4]。古典意义上的“人”的概念与一种目的论的秩序密不可分，它来自于对“善的自然秩序”或“天理”的先行理解：个体之所以要扮演好这些角色，是因为那就是他在“存在链条”或“天道”中所具有的自然位置，只有通过“尽本分”他才能参与到更高的存在秩序之中。与此相对，现代诗的根本理念来自于现代世界的生活原则。在对现代性的主流叙事中，秩序的存在是从人的“自由权利”中推演出来的，每个人的权利不能侵犯、伤害到他人的权利，由此才出现了权利的边界和社会的整体秩序。由此，个体的人的自然位置已经不复存在：整个社会由于极为复杂的功能分化（卢曼）和流动性（齐格蒙·鲍曼），使得秩序不再是通过给其中每个人指定一个稳固的位置来实现。“流动的现代性”意味着，位置本身也是流动的，每个人不再具有先定的身份和功能性角色，而是允许人们变换自身的位置和角色、不断改变自己与他人之间的关系，从而在整个社会中形成更加繁复的自身映射和反身性。

不难看出，人类生活秩序的古今变迁，以某种方式投射在诗歌形式的古今变迁之中——某一时代中个体与社会秩序之间的关系，大体上可以类比于这一时代的诗歌中语词与诗歌整体形态之间的关系。在古典诗歌中，格律就是诗之礼法，每个字词都要按其固定的本性（平仄、韵部、词性和对偶关系）被指派到适合于它的位置之上，因此，字词在诗歌中所扮演的是一个功能性的角色，它用得“好”的前提是它合乎格律。这种字词的功能性角色也服从于一种诗歌的目的论结构：“诗歌的目的论”意味着有一种先在的诗歌理想形式（与格律不可分离的对“声情、意象和神韵”的要求）对分行、句式、词的位置的统摄性支配，一切字词的使用最终是为了填充、构成这一理想形式，而不能逾越其“本分”或边界。与此形成对照的，是汉语新诗中词的自由特征：每个词不再需要遵循格律之礼法，而终于能够出现在诗的任何位置上，它的平仄、韵部、词性和对偶关系都不再是首先考虑的因素（大多数诗人所首先考虑的是词的准确性和力度，以及语词组合时的新鲜感与活力）；句法和分行方式也不再需要遵循预先存在的规矩，因为诗的“好”或“完善”的标准已经与诗歌体裁的先定框架无关。

这样一种形式上的变迁，使得中国新诗与古典诗歌产生了另一个根本区分：“行”成为了新诗的基本单位，而“联”却是中国古典格律诗的基本单位。由声音（平仄）、词性和形象上的对偶关系构成的“联”，其实是一种阴阳二元论的宇宙图景在诗歌形式上的投射，它暗示着任何一个事物都有与之相匹配、结对、骈连的事物作为其补充和对称，由此形成一种语言中的格式塔或完形（Gestalt），它呼应着古典世界本身的完形。而“行”成为汉语诗歌的基本单位，则表明一种全新的世界图景的登场：事物不再与其对称物相连结、被置入到一种二元论的完形中得到理解，而是从其自身得到理解，或者被置入到一种更为复杂的、非对称性的关系（常常是转喻和分析性的关系，而不只是隐喻性的关系）中进行多角度的考察。从诗歌中的连续性与断裂性的角度来看，“联”是具有完整性和连续性的“句”的一种古典形式（下联将上联补足）；而新诗中的“行”与“句”则常常相异（在当代诗中“句”往往是跨“行”的），“行”的特性就在于它并不寻求自然完整性，它要显示一种有意味的停顿、中断和转换。尽管新诗的不少作者会在一首诗中追求完整性，但并不是通过将“句”的连续性置于“行”的断裂性之上来进行的；相反，所有成熟诗人都有意识地在诗歌中强化“行”的效力。这一点也使新诗与其他以“句”作为基本单位的现代文体区别开来。因此，“行”在新诗中的首要位置，意味着停顿、中断和转换成为了诗歌中至关重要的战略和战术问题，意味着“断裂的声音”和“断裂中的意义生成”远比声音、意义上的连续性更属于新诗的本性。

由于“行”在中国新诗的形式构成中具有特殊重要性，“分行问题”就取代“联句或对仗问题”成为了诗人们注意力的焦点。另一方面，“分行问题”的凸显，也源于新诗所受到的来自形式方面的外部压力和内部压力。在自由体新诗中，每一行的长短和分断方式都没有受到预先规定，因而看上去在形式上是随意或任性的，缺乏必要的规定性。许多古典诗歌的支持者们以此来指责自由体新诗“缺少基本的规矩和约束”，陷入到一种无限定的主观任性之中，其“形式的涣散”表征着“精神的涣散”；[5]并认为诗之为诗，要求着自身的法度和约束，要求以形式上的精严稳密来呈现诗人的技艺与德性；古典诗人的“守律”，从本质上说是“恪守礼法”的一种变式，美德就从这种谨守不移中养成，它是对主观性的限制和消除——在诗歌中它导向“精益求精”的语言之完美，在生活中它则导向“危微精一”的人格之完善；故从这一尺度来看，新诗在分行时的主观性是现代中国人德性丧失的标志之一。然而，这样一种纯然古典的尺度并不适合用来衡量新诗，因为新诗有其自身的理念和尺度。这一新的诗歌理念和尺度，正如“自由体”这一名称所显示的，乃是“自由”，它是新诗得以自我理解和自我辩护的最终根据。作为现代世界的根本原则，“自由”（按照康德和黑格尔的解释）并非单纯的主观任意性，而是“自律”（Autonomy）；同样，作为新诗的根本原则的“自由”，也不能被误解和滥用，成为任意分行、断句和措词的无约束的任性存在，相反新诗的自由毋宁说要求着一种从现代汉语自身的可能性来自我约束，也就是说诗人们需要考虑如何形成一种内在于诗歌的自由秩序。

新诗中的“分行问题”，从根本上说就是诗歌的“自由”应该和能够如何达到“自律”的问题。正如对现代人来说，重要的不再是对共同体施加于个体之上的律令的遵从，而是“从他律走向自律”那样，新诗最重要的是摆脱外在形式的规定性，使诗的自由获得自身的内在形式。“作为自律的自由”乃是新诗诗艺的核心，而自由的本质就在于：它能够从自身中生出对自己的限制。因此，我们不能仅仅将新诗中的分行问题理解为在“诗的自由原则”与“诗的形式要求”之间的紧张。新诗对自身形式的寻求和探索，本身就是“自由精神”进行自我规定的体现。也正因为如此，诗人们在分行时的自律所带来的，不只是消极意义上的对主观性的限制。事实上，通过分行时的深思熟虑，新诗不仅能摆脱轻率的任意性，而且能够在每一首诗内部形成一种完全契合于这首诗的特定内容的恰当形式。[6]这一点无疑体现着现代诗的基本观念：现代诗之所以是“自由的”，正在于每一首诗都要求成为一首独一无二的诗，这是从个体的本真性而来的诗的本真性（authenticity）。古代世界按身份来理解人，把人分成不同的等级和类型予以对待，由此每一首诗的唯一性从根本上说受到诗歌的等级和类型特征的压制（例如，中国古诗的基本分类学是按照“品”来划分诗歌的，而“品”从根本上与人的身份、地位和心性类型相关）。现代诗强调每一首诗的独一的存在，同时强调这种“独一性”是当下生成的、不预设任何先在的规定和目标。在这种观念的导引下，在每一首诗中都重新考虑如何分行就成为了必要的手艺活。

正如从古代世界向现代世界的转换中自由空间的扩展释放了整个社会中的巨大活力那样，新诗在分行上的自由也能释放出新的、不可思议的语言潜能。就诗歌的语言潜能而言，新诗在两个方面能够做得比古诗更好：叙事性与分析性。这两个方面都与分行的自由（自律）相关。新诗对汉语潜能的释放，建立在与古代汉语完全不同的现代汉语的基本特征之上：古汉语以单字词为主，动词时态和从句结构不发达，由此带来语句的“脆性”（哑石语）和句法结构的模糊性（主谓宾不清晰）；这样一来，其隐喻（特别是提喻）潜能和抒情潜能虽然强大，但叙事能力和分析能力却受到严重限制。而现代汉语则引入了欧化语法，句子结构和时态都较为清晰、明确，能够进行较为完整、细致、具体的叙事，从句结构的引入也给汉语带来了较为复杂的分析性和思辨性；同时，对日常口语的大量吸收，对双字词和多字词的大规模运用，也使表达获得了更大的自由伸展度。当代新诗中常见的长行、具有较复杂句式结构的跨行句都与现代汉语的这些特征有关。而像臧棣、哑石等诗人那样追求语言弹性和柔韧度的分行方式，则更是充分利用了现代汉语的这些优势。

04 作为诗歌总体战略的分行

诗人在写作一首诗之初，会先行筹划诗的整体形态；而当他基本完成这首诗时，往往又会回过头来对这首诗的整体形态进行反思性的再次调整。在这一前一后的两次处理中，对整首诗的分行方式的考虑当然是关键所在。这里，分行问题是作为一首诗的总体战略问题出现的。它主要是对行的长短、整齐度的总体安排，很多时候也会牵涉到对诗本身的总行数和每一段落（或节）的行数的调整，而并不涉及诗歌某一局部的具体分断、跨行和连接问题。

由此，当代新诗的分行战略与一首诗最终呈现出的整体形态直接相关。在写作之前，诗人肯定会问自己：这首诗大致要写多长、写多少行？采用何种分节或分段方式？是两行体（两行一段）还是四行体（四行一段）？或者不预先规定段落行数，因此每一段并不强求行数一致？是否要采用只分行、不分段的方式？在这首诗中，各行之间是大致整齐、字数相近，还是有意识地呈现出参差和错落感？是按照图案诗的方式来进行分行，或者干脆使每一行的长度完全相等（“水泥柱体”）？这首诗是以长行为主还是以短行为主？分行是与自然句的节奏相统一（基本上每一行都是一句或一个分句），还是以跨行句为主？要不要使用复杂的从句结构？如果使用的话，跨行时的分断应该按何种大体原则进行？……所有这些问题，都属于对一首诗的语言空间的安排，它如同对一栋房子的户型设计那样，分配和改变着语言空间中的潜在力量。其中有一部分问题既是战略问题，又是微观技艺问题（比如跨行句的问题）；同时，这些问题彼此之间又紧密地关联一起，对其中之一的处理必定要牵连到对其他问题的处理。它们共同的目标，都是为了营造一首诗的整体语感。

一首诗的整体语感主要由三重维度构成：视觉（包括由文字排列而成的直接视觉形象和由意象产生的间接视觉形象）、声音（包括声韵、节奏这些外部形式和作为“声情”的内部形式）与意义（诗所指涉的观念、经验内容的运动）。分行是形成诗的语感的最关键因素，它同时关涉到这三重维度。行的整齐与参差分布既与诗的视觉观感有关，又与诗的意义生成有关，在一定程度上也会影响到诗的声音感受；诗的分段方式（每一段多少行）、行的长与短则既与诗的密集、疏朗与空白相关，又与声音节奏相关。下面我们不妨以中国当代新诗中的若干诗为例，分别讨论这些分行战略。

一般来说，一首诗中各行之间具有大体的整齐性是诗在视觉形式上的内在要求。具有这种整齐性通常意味着诗人自觉地在诗歌中营造一种秩序：视觉上的整齐性，似乎是对古典诗歌的格律特征的某种继承，它使得读者更愿意相信诗人是在遵循法度而不是在胡乱写作。于是，我们看到技艺上较为成熟的诗人，其作品大多是整齐分行的；而初学者和那些技艺粗糙的诗人，多数时候写出的是一些在分行上显得参差、随意的诗作。不过，成熟诗人在分行时的整齐性，与他们每一行诗中的语言弹性、饱满度和节奏感是相配合的，因而整齐并不带来生硬、呆板和憋闷。那些初学者也可以通过强制性的对齐方式来制造出视觉上的整齐感，但却只能通过牺牲诗的自然节奏和语言伸展性的方式来做到这一点。

打开一本当代诗集，如果其作者是一位成熟诗人，那么我们确实会发现其中多数诗作都具有分行上的整齐性。但是，即使是成熟诗人也会在部分诗作中有意识地引入一些参差感。这是由于，在一本诗集中，过量的整齐性会带来某种单调性和匠气，它需要受到参差分行所携带的摇曳感和即兴感的平衡。整齐分行的诗与参差分行的诗，在同一本诗集中可以看成是“正”与“奇”的关系。《孙子兵法》有云：“凡战者以正合，以奇胜。”一本以整齐分行的诗作为主、以参差分行的诗作为辅的诗集，肯定比全部整齐或全部参差的诗集要好看。《张枣的诗》（人民文学出版社，2010）就是一例：其中大部分作品（像《历史与欲望》《断章》等）是格律精严、分行齐整的，但也有不少像《在森林中》《边缘》《悠悠》这样的更讲求语义跌宕性的参差分行之作。另一个例子是蒋浩，他的几本诗集（《修辞》《缘木求鱼》等）也具有这样的特征，其中大部分诗作追求一种严谨的、讲究整齐分行的形式，但另一些诗却显得极为参差，例如《自然史之一：如节日》（2010）：

拽着些针砭的尾巴。

　　找到些

伤害：

　　风景卡在一个巨大的长颈球形玻璃瓶里。

相互散发的，非鱼的气味，运输着一些琐碎

　　　　　　　　　　　　　　　　品格。

到处都是乐土。我去过的小岛，比如：

　　　　　　　　　　　　　　蜈支洲岛，大洲岛。

海水在岸边跳跃，翻晒贫乏的收藏，笑得零丁。

　　天空吮吸那些传奇的，轻狂的，鼓胀的，快要分解的，

植物性。历史的弧度拼贴水下教堂。

　　撑出顶树冠，边下楼，边梳理爆裂的发型。

每一天，马路边垒起小时候临摹过的，我父亲的字体。

……

显然，这首诗故意用不规则的分行方式来让节奏变得破碎。这种破碎之感，与诗中出现的许多形象和形容有关："（一些）尾巴""琐碎""小岛""零丁""分解"和"爆裂"。这些词语的出现，暗示着诗所要呈现的恰好就是某种"多"而非"一"（类似于零散分布的岛屿），"自然"在此是作为不能被"一"所统摄的"多"的丰富性而进入诗歌的。在这首诗中，参差的分行方式作用为"奇"和"摇曳"，兼具视觉效果与意义效果。同样的处理方式在张枣的许多诗中也非常显眼，比如前面所提到的《边缘》和《悠悠》。

在同一首诗中，诗人也可以像处理一本诗集那样，采用"大体整齐，间或参差"的方式来进行分行。这时，偶然或有规律出现的参差性会使诗的惯例般的秩序出现微妙的动荡。在某些情况下，适量的参差性可能会深刻地影响到一首诗的整体节奏，因而产生某种特殊的声音效果。例如，欧阳江河的诗《秋天：听已故女大提琴家DUPRÉ演奏》（1992）：

扰人的旧梦，转而朝向亡魂，在此时
此地。而你没有听到狂风刮过的强烈印象
在光亮中渐弱，终至叹息，在擦弦之音消失
和远处的
双唇紧闭的黑暗豁然绽开之前。

被听到的是：流水形成在上面的拱顶。
流水顺从了枯木，留下深凿的痕迹。
逆行的阴影，以及逆行的、阴影遮住的
两眼回睇，
我看见唯美一代的消逝只在回头时才是辽阔的。

将有难眠之夜从你耳中夺去那微弱的
传递到命名的火炬。怀着伤心旧梦
被时尚卷入并重塑。要是老年在早晨
或在夜里
消失，对于遗忘没有人是孤单的。

哦！浪漫的唯美的一代！人类悲观本性中的
至善之举，为此你将付出你的肉体，
它热泪涔涔，空无所依。
只有肉体
是温存的，无论这温存是多么短暂。

这首诗采用五行一段的方式写成，每一段的第四行只有四个字，其他行之间大体上是整齐的（每行十五个字符左右）。不难发现，这首以音乐为主题的诗，通过不规则的押韵（“时”“失”“迹”“睇”“里”“体”“依”）营造出一种旋律；而在分行处理时，在大体上的整齐之中有规律地插入“四字行”作为摇曳点和转折枢纽，制造出强烈的琴弓回拉时的擦弦音感。在“四字行”造成的停顿和空白之中，包含着无限低徊的情绪，它应合着杰·杜普蕾（DuPre）的大提琴曲的声音质地和氛围。

在考虑一首诗分行时的整齐与参差时，诗人可能会寻求两种类型的极端：绝对的整齐性和绝对的参差性。此外，图案诗或设计诗也是一种极端的分行方式。绝对的整齐性除了那些具有一定格律的新诗（张枣《卡夫卡致菲丽丝》、肖开愚《星期天遊言，赠道元迷》中的某几节）之外，一般表现为所谓的“水泥柱体”（只是视觉上整齐，但不包含格律性），其长处和弱点在冷霜的《从“水泥柱体”说起》一文中已有精彩分析，此处略过不论。[7]而绝对的参差性作为混乱或混沌的分行方式（如“非非主义”的某些实验诗），可能会将诗歌引向某种完全无序的、非理性的状态，它所造成的语言空间的离散性与诗作为一种语言秩序的规定背道而驰。值得讨论的是有一定规则的参差性，它通常体现为某种带有图案或设计性质的分行方式（可称之为广义的“图案诗”）。无论是通过由每一行多一个字（或减一个字）形成的“台阶”图形（例如哑石《日常》〈2003〉），或者是通过隔行进行有规则的字符缩进所形成的波浪感（例如张枣《纽约夜眺》〈1994〉、臧棣《情境诗》〈1997〉），我们都能在其中看到对视觉形式的追求。不过，即使是在具有图案性质的诗歌中，节奏的恰当性、语言的弹性和意义的层次感仍然需要得到保证，否则，诗就成为了纯粹的设计而显得生硬、造作。图案诗之所以很难写好，就是因为其形式的强制要求往往拘束了语言的自然伸展。因此，只有那些技艺娴熟、语感饱满的诗人才能真正写出好的图案诗。哑石的《芯片诗》就是一个例证：

我有一枚神奇的电子芯片，
嵌在意识的秘密卡槽里。小时候，
山里，它让黄昏天边的水晶云，燃烧成
奔腾的雄狮（从没见过）、一只只诡异地对我
密语的黄色狐狸……正是它，
旋转着夏日盛大高远的星空，
让天堂和我的破衣服比赛着
清晰。小小的、调皮的卫星，
天街上摇晃铃铛的无轨电车，
坐某个俯察人世的伟大人物，
比如毛主席……溪水流身边，
毛孔张开，散发青草的气味。
那时的迷乱，多么规规矩矩！
长大后，如一头雄狮（不是动物园的），我去
京都求学，奋身参与了几次广场的颤栗，
那芯片，使灵魂疼痛。它审慎着
赞美，也改变诅咒的程序。

在中国当代新诗中，分行的整齐性或规则性是专业性的标志之一。作为对语言秩序的深究，分行的整齐与参差方面的考量，显示出诗人从“形式自觉”而来的诗歌意志。当代新诗所涌现出的大量杰出作品都与这种诗歌意志相关，即使是追求绝对整齐性的“水泥柱体”，也出现了如叶丹《入夏，二零一零》（2010）和马雁《北中国》（2010）这样的优异诗作。当然，刻意的整齐和刻意的参差可能都有其局限性，因而需要得到其他诗歌要素的补充和修正。除了上面所说需要兼顾语言的伸展性之外，对某种“准格律”的引入可能会减少由这样分行造成的生硬和苦闷感。格律

乃是一整套语言或诗学要素的配合，它不只是分行时的整齐性，还包括声韵、对偶、节奏和句式方面的要求。这意味着，在写作像“水泥柱体”和“图案诗”那样的作品时，诗人还需要用心调整行的句式和声韵构成，使之工稳、适当，形成恰当的韵律和情感表现力。那种为了行间对齐或形成图案而牺牲节奏，或者强行把双字词拆成跨行的两个单字的情形，都是必须避免的。

06 长行与短行

一首诗的节奏，很大程度上取决于它是以长行（二十个字以上）、中等长度的行（十至二十个字）还是以短行（十个字以下）为主，是追求行内与行间的语义密集性还是追求疏朗性。行的长短不仅形成了诗的视觉特征，还形成其听觉特征。虽然大多数新诗采取了以中等长度的行为主，但从视觉、声音和风格的鲜明性角度来看，长行为主和短行为主的诗歌更值得讨论。大体来说，诗人在“长行为主还是短行为主”上的选择是根据诗歌的主题和风格考虑而进行的：以长行为主的诗一般来说适合于叙事性和分析性的主题，它们往往是围绕着一个具有过程的事件和场景来展开的；以短行为主的诗则适合于书写某个瞬间（某种从时间中分离出去的“暂停”状态），或由一系列简单动作和事物构成的小故事。“长行为主”造成诗歌的力量弥满和结实之感，而“短行为主”则易于生成某种玄想或直观中的空无、生动之意。我们可以在肖开愚的《破烂的田野·孩子们》（2007）与其早年诗作《雨中作》（1986）的对照中看到这一点：

他们的父亲反抗命运在不同的工地卖命也许保住了手脚。
他们的母亲反抗命运在不同的洗浴中心卖淫存了不少钱。
他们的父亲和母亲不反结婚但为了孩子应该反反生育啊！
他们不是在正规医院里面正规出生的人。
他们的父母是他们的耻辱，他们是城市的毛病。
他们趴在母亲和姐姐的背上在过街天桥的上面和下面，
他们不仅仅是卖毛片的道具而是毛片的一部分。
他们与苍蝇和死苍蝇老鼠和死老鼠一起长大。
他们在城乡接合部的铁道边眼睁睁地看着上访者趴着作废。
……
他们染了头发，刺了文身，熟练了流氓的脾气，仅此而已。
他们也想出出神只是没有地方。
他们待过的农村和城市是别人的，他们要把这两种地方搬进他们没有待过的城关镇，所以流里流气横竖不是人。
他们满身老年病但还在尿床。

如果稍作分辨，我们就会发现杨键这首诗中的长行基本是由抒情性的比喻构成。这首以第三人称复数写成的诗是在捶胸顿足地哭泣（从“铁制的”一词重复了五次可以看出），并不包含任何对现实中人的实际生命状况的具体观察和描述（它只在抽象的意义上谈论“人心的败坏”）。这一点与肖开愚诗中的排比句的用法完全不同，在《破烂的田野》中，第三人称复数“他们”的使用意味着诗歌是在进行观察和描述（而“我们”这个词通常用来抒情）。肖开愚的诗包含着大量的、实证性的经验细节，而杨键的诗基本是在浸满泪水的想象中运动。当然，我们也不能否认长行所带来的那种“出闸洪水”般的气势，这种气势使得诗歌读起来相当有感染力（但诗并非只有这样一种形态的感染力）。

短行一般来说更具有直观性，因而适合用来描述瞬间，或者用来书写一系列连续而紧凑的事物或动作。前者在口语诗这种体裁中最为典型，后者则是诗人们在进行白描时最爱用的方式。口语诗对直观和简洁的追求，使得写作者大多不愿意写密集的长行（无论是修辞的密集还是信息的密集），这就使得口语诗主要依靠短行来形成自身的语感，例如小安《把一种好听的声音》。而在那些并不主要从事口语诗写作的诗人那里，短行的用途主要有以下几种：在长短交错、参差不齐的分行方式中，短行所起的作用是增加空白或强调某些词和短语；在以长行为主的诗中，短行可以用来进行承接和过渡（类似于颈和腰）；而大规模出现的短行，则往往是在进行白描，或者有意识地营造一种生动性的氛围。谢笠知的《感官人生》（2013）对短行的运用是在白描中呈现生活的事物性，我们和这些事物打交道，珍爱它们，因它们而喜悦：

入睡前，想起一天里
爱过的东西：
庭院。云。
狂风旁掘地的背影。
樱桃花。
声调里拉着爱的
小喷泉。幼葱。
榴莲气味。桑葚染黑的
手指。金毛狗阿邦
追雏雀儿下坡。
……
晚上，暗涌房间，
读长调。周邦彦：
“骤惊春在眼……”
哦，云水涂香，
无一物不斑斓。

一天里，这么多
这么好。
哎呀，
感官即乐观？
谁跟谁，都面对面，
不暗想，不迷乱。

从诗的形态来讲，这首诗里有某种类似于古代词曲的音节和声调（特别是在后半部分，还押起了韵）。生活的生动性在这种短行的联珠般的接续中传递出来，诗人的语气有着唱戏似的享受和沉醉。这种“喜悦的诗学”显然不同于杨黎、小安他们用短行演绎出的“空无的诗学”。而在《狍子》这样的诗作中，桑克则通过短行建立了一种特殊的“敏感的诗学”：

在溪边，我看到
洗脚的朱丽。
她的脚上没有灰尘。
青色的血管
在水的激励下
暴跳而起，说明
她的心没有我想的
那样安静。
——《狍子》第1节

通过将“少女”与“狍子”的形象进行重叠，桑克这首诗成功地在“人的感知”的边界上生成了“动物性的敏感”。这是一种极端柔弱、洁净的敏感，它可以类比于感受到血在血管中轻轻激荡或水底的鱼听见溪水流动的那种知觉。每一行中词的细腻和节制，摹拟了“溪水”和“血管”的纤细。通过极为简明的短行，桑克将这种清澈、纤细、空灵的敏感赋予了汉语的肌肤。

从风格的角度来看，一首诗太多长行，就会显得偏满或偏实；太多短行，就会显得偏薄或偏虚。这两种方式都显得有所偏致。考虑到中等长度的行在大多数新诗中都是主要的构成成分，我们可以认为多数诗人所选择的是讲究平衡与稳定的中道。不过，中等长度的行既缺乏长行的舒展性、速度和力度，也缺乏短行的简洁与透明性；因而问题仍然在于，如何在一首以中等长度的行为主的诗中，将短行或长行的某些特点引进来，使诗在整体平稳的同时又形成必要的摇曳和激荡。

诗人对长行或短行的偏重选择，在很多时候同时意味着一首诗内部的密集或疏朗性。长行为主的诗往往会形成一种修辞和信息上的高密度，而短行为主的诗则显得较为疏松、透气。另一方面，长行所带来的密集性也会造成诗歌的加速度（语速的急促性），而松弛、疏朗的短行则往往造成诗歌阅读中的停顿、舒缓和减速。当然，有些诗人会在长行中通过停顿和短语、短句的运用，来降低长行所带来的密集效应和加速度。但诗的内在密度问题与分行问题的相关性并不是那么大，因此我们无须在此过多讨论。

07　行数与分段

诗的行数和分段方式对一首诗来说显然极其重要。一首诗是打算写成短诗、中型诗、组诗还是长诗，这在很大程度上构成了分行时所要面对的语言空间的预算约束；而诗人在诗歌局部进行具体的分行处理时，也会受到他所预先设想的行数和分段方式的影响。众所周知，行数较少的短诗在分行方面的严格性标准要高于行数较多的诗歌体裁。短诗对于简洁的执着，对于在较短篇幅里获得自身完整性或产生强烈效果的要求，使得分行时必须非常精确，节奏上具有必然性，收束时具有决然性，不能出现冗余或缺失。哑石、王敖、胡弦、李森、泉子等人都是写作超短诗（十行以内的诗）的高手，他们的短诗在分行方面体现出高度严谨的形式感和韵律性。但他们每个人的分行方式都是非常不同的：有一些诗人喜欢按照自然句的节奏分行，有一些则喜欢使用跨行句；有些诗人擅长欧化的句式和节奏，有些诗人则返回到古典诗歌的情调和声韵之中；有些诗人将语言效果均匀分布在各行里，有些诗人则在前面积蓄力量而到结尾处突然爆发。我们可以通过一种特殊的当代新诗体裁来说明超短诗中的分行，这种体裁就是新诗中的“绝句”体；王敖是这种体裁的创始者，后来肖水、蔌弦等诗人也在这一体裁的写作中有自己的独到之处。试举其中两首进行对观：

在我怀里安家的，诗与自然的
双头兔，被弄醒时的温柔，带着不情愿

看到我在嬉戏中，再次折损了
自身，不要轻易把我模拟，它不为什么出现

——王敖《绝句》

夜半，坐火车去观潮，
光在水面运行，仿佛鳞片混合一些鱼的叫喊。

逆游，它们要在月光下回到堤岸，不能
陷入水草，不能被一只海蟹轻易就抓伤了灵魂。

——肖水《盐官镇（致M.Y.）》

“绝句”这一体裁本来是古典格律诗中的一种，有其严格的平仄、押韵和对偶要求。王敖试图更新这一体裁的定义，他放弃了格律规则，仅仅选取其四行诗的形式，并将作为“截句”的“绝句”改写为“绝妙的、独一无二的诗句”，这里当然有一种“对本真性的激情”。从王敖所写的大部分“绝句”体诗作来看，他的句法是极为西化或欧化的，其形象的生成逻辑和修辞方式都力图将我们带进艾丽丝式的“奇境”之中，于是“绝句”就成为幻象诗传统的一部分。从分行来看，王敖这首诗其实由两个句子构成：第一句跨了四行，到“自身”这个词为止，去掉定语和状语之后就是“双头兔看到我折损了自身”；第二句则是神秘难解的一个祈使句（“不要……”）。当然，定语和状语才是关键所在。这个被命名为“双头兔”的小动物，其“双头”就是“诗”与“自然”，它赋予“诗与自然的共属一体”以一个精灵般的柔软身体。在“我”怀里安家，却又被“我”弄醒，还不情愿地看着“我”嬉戏——它的萌眼就是诗人的“另一双眼”，是从自我中分化出来、借以观看自身的内在的精灵（daimon）。这精灵的眼睛，恰如“苏格拉底的精灵”那样只察觉危险（“折损了自身”）和进行劝阻，因而诗终结于“不要轻易把我模拟”的劝告。这劝告是非常暧昧的：究竟是“双头兔”在说话还是“我”在说话？究竟是不要模拟“我”的危险的嬉戏，还是不要模拟“我”通过诗来使“双头兔”出现的幻象？考虑到后面“它不为什么出现”中的“它”就是“双头兔”，这首诗的意图应该是对诗之发生的无端性的感觉：这无端出现在“我”怀里的诗的精灵，既温柔，又带来危险，还劝阻危险。

相比之下，肖水的《盐官镇》并不试图制造语言奇观，而是进入实际的叙事场景（“坐在火车上观潮”）。对“潮水”与“光”的相互运动的观察和想象，以及对周围水域环境的感知（“鱼”“堤岸”“水草”和“海蟹”），是这首诗的经验内容；而它的寓意内涵，可能是对“返回”和“灵魂完整性”的诉求。不难看到，诗的分行遵循了自然语句的节奏和停顿方式，只在第三、四行有一个跨行连接。这样的分行方式不会产生出意义的暧昧性，但摇曳和神秘感也有所下降。

稍长一些（超过十五行）的诗大多数都会进行分段，因为过多诗行的连绵会给阅读带来窒息和压迫感——分段或分节，相当于游泳时要不时地浮出水面换气。不分段、超过二十行以上的诗也有，越长，就越需要作者和读者双方的耐心和肺活量。而在分段方式中，多数专业诗人更喜欢各段行数相等的写法。这样不仅能形成条理分明的视觉秩序，而且也能训练诗人在形式和章法上的自律。在这样讲究章法的写作中，诗人的分行当然会更加慎重：他每一次分行，都是在调整段落内部的空间，空出或占据其中一角，最终达成整个空间分布的均衡。一个可见的事实是，大部分专业诗人更偏好于采取四至八行一段的体例。超过八行，一段就太长了，写和读就变得疲劳；而两行一段的写法有其内在的局限（两行体更适合于写较短的诗，一般不超过十六行；再长就会导致诗歌节奏的单调性）；三行一段的写法则有一定难度，易重心不稳、不好控制诗的节奏和语气平衡，稍长一些也会有单调感。当每一诗段都在四至八行之间时，无论是节奏的变化可能性、段与段之间的连接还是诗歌航程的平稳度，诗人都能更好地驾驭和掌控。

当诗人在写作中发现，他预先规划的均匀分段方式无法通过具体的分行调整完全实现时，他可能会退而求其次，使各段之间在大致上行数相近（例如茱萸《刘过：雨的接纳》的各段行数为五四五五五），或者形成行数上的前后对称结构（例如茱萸《孟浩然：山与白夜》的各段行数为四五六五四，形成中间对称）。这里有一种特殊情形：当诗的某些段落具有特殊地位时（比如插入的副歌、旁白语，诗歌关键的转折处，以及结尾），它可能会与诗的其他段落的行数完全不同。副歌和旁白这种情况较为特殊，姑且不论；在转折处和结尾处的段落，一行或两行的情形较常见，因为这样最为简洁有力，用来扭转整首诗的方向或给出一个精警的结尾正合适。

08 分行与声情

刘方喜在《声情说》一书中将中国古典诗歌的特质界定为“声情”，亦即主要从汉语的音节、格律特征而来的诗歌声韵与情感表现力的高度融合性；认为作为以“歌永言，声依永”来补充“言之不足”或“言不尽意”的诗歌言说方式，乃是一种“和谐的语音形式结构”，又同时是“与汉语形式不可剥离的精神”特性[8]。它作为一种功能性、而非仅仅形式性的诗歌特征，就是汉语诗歌的根本精神所在，因此刘方喜认为，“声情茂美”而非“意象精警”才是中国古典诗歌的真正“不可剥离的核心”。对于废除了格律的中国自由体新诗来说，如何在诗歌中形成一种新的“声情之美”就成为了一项难题。刘方喜本人在后来的著述中主张，新诗也需要通过对语言韵律的情感表现力的讲究来满足汉语本身的“声情”要求（“如果说，新诗史上已不乏意象诗的话，那么，我们今天更要呼唤声情诗”[9]）。而中国当代新诗的大多数主要作者都因为对现代性的追求和迷恋，忽略或轻视了这一汉语诗歌的内在要求[10]。

不难看到，刘方喜的立论建立在对诗歌的听觉形式的强调上。这一点与前文所说的诗歌重心偏移（从以听觉形式为中心转向以视觉形式为中心）的历史进程形成了某种逆向性的反动。大多数新诗诗人对“意象”的重视和在分行时的基本考虑，都是以诗的视觉形式为侧重点的。但是，对中国古典传统的追忆和怀念仍然支配着不少诗人、读者和诗歌研究者的趣味，许多人试图呼唤古典诗歌“声情”的回归。这种回归有其一定的合法性和优势。对于中国当代诗人来说，一部分诗人通过回归中国古典语文传统来接续古诗的声情之美，另一部分诗人则强调通过节奏的音乐性来使诗歌产生某种类似于声情的效果。而在具体的写作过程中，无论是哪条路径，都需要通过分行上的特定考虑和讲究来实现自身的意图。前文中所论述的“整齐与参差”和“长行与短行”的问题，显然都与诗歌的“声情”问题有紧密的关联。

在新诗中重现古典诗歌的声情，最简易的方式就是通过对古诗节奏或格律特征的吸收和移用。李森在诗集《屋宇》（2014）中大量采用了《诗经》的句式、对偶、押韵来形成诗歌的节奏，就是一个较近的例证。从分行上讲，这种“化古”的方式喜欢采用三字句一行或四字句一行：

日出东南
橘在野
黄在橘
阳在橘
阴在橘
橘在橘旁
橘在屋宇

日落西方
橘在野
日落橘
苍茫在橘
月在屋檐
夜无橘

——李森《橘在野》

这首诗通过一种古典的句式和复沓节奏，呈现出一种“昼夜-日月-阴阳-显隐”的对偶-变易的世界图景。在每一行中，汉语的单字词的特征得到了突显。一般来说，对中国古诗节奏的移用，要求诗的行文如胡兰成所说依托于“气息与调”，而非依托于“旋律”：“调行于息，是生命的波澜潋滟壮阔……文体亦是这样的行于阴阳回荡之气。”[11]张枣的《维昂纳尔：追忆似水年华》就是一个奇特的例子：

像如今我所有的书卷已经写成
此时汝不读，以后也不会再读了
习习凉风，汝啊徒劳而美丽的星星

不要击溃我，让汝中止在向着我的途中
丢失一句话，也可能丢失一个人
像如今我所有的书卷已经写成

只要再凝目相视，命运便会水到渠成
汝抵达的时候把什么都带来
习习凉风，汝啊徒劳而美丽的星辰

万不可奔波了，回头还是万马齐喑
某地把汝浪费，汝心中的亲人离析分崩
像如今我所有的书卷已经写成

任汝老矣，旧日子的气味总是芬芳袭人
偌大的秘密果真能刻骨铭心
习习凉风，汝啊徒劳而美丽的星辰

别的人围绕汝也和汝一样脉脉含情
看果实飘落，我早已格外小心
像如今我所有的书卷已经写出
凉风习习，汝啊徒劳而美丽的星星

“维昂纳尔”是一种西方格律诗体裁，最有名的作品是狄兰·托马斯的《不要温和地走进那个良夜……》。然而在这首诗中，张枣所营造的声韵、情调和氛围，是完全中国古典式的——西方格律的形式约束不仅没有使诗显得欧化，反而由于诗中“汝”这个古人称代词的对话气息而被翻转为一种中国式的连绵往复之感；诗中大量出现的成语也没有使诗陷入陈词滥调，而是像一些旧家具、旧照片一样很好地烘托着“旧日子的气味”。

除了这种对胡兰成所说的“气息和调”的运用之外，新诗也可以采用别的方式来形成“声情”，“旋律”就是其中的一种，而诗歌对现代音乐中的“无调式音乐”的借鉴则是另一种。不过，那些简单地套用音乐中的旋律感来进行写作的诗人，他们在诗歌中所制造出的节奏往往是非常呆板、僵硬和外在的。诗歌中的音乐性必须与诗的语言和经验完全有机地融合在一起，这种音乐性才是诗歌本己的音乐性。这种音乐性有赖于诗人的发明，而无法从现成的作曲法和曲谱中直接挪用。多多和欧阳江河是新诗在这一方面的杰出代表。多多的《歌声》《春之舞》等诗作展示了这位“诗歌男高音”的嘹亮音色和“骄傲的听觉”（胡桑语），而他在分行处理上的微观技艺强化了诗的节奏力度（后面将讨论）。欧阳江河的《一夜肖邦》则是诗歌音乐性的示范之作：

可以把肖邦弹得好像弹错了一样，
可以只弹旋律中空心的和弦。
只弹经过句，像一次远行穿过月亮。
只弹弱音，夏天被忘掉的阳光，
或阳光中偶然被想起的一小块黑暗。
可以把柔板弹奏得像一片开阔地，
像一场大雪迟迟不敢落下。
可以死去多年但好像刚刚才走开。

从上述例子可以看出，当代新诗要获得声情上的效果，除了分行上的讲究（整齐分行，分行时主要依照句子的自然节奏和气息变化，或在押韵处进行分断）之外，还需要很多配合性的举措，比如，对停顿的注意、多用短语和短句、词的重复和句式的同构复现、双声（相当于头韵）、谐音与叠韵、多运用行内韵、不规则的行尾押韵（过于规则就显得呆板或滑腻）、适当的对偶……这一切意味着：我们需要在每一首诗中形成某种“准格律”性质的东西。但这是一次性的、只适用于“这一首诗”的准格律，而不是普遍类型规定意义上的格律。当然，作为对声情之敏感性的训练，一位诗人最好在写作中多运用西方格律体（十四行、维昂纳尔等体裁）和中国词牌式的体例，这样可以涵养气息和旋律感。

一位诗人一生中总要有一本诗集或一部分作品，来体现他在声音和声情方面的诗学考虑。这是中国诗人对汉语的义务。在写作中完全不考虑声情问题的中国诗人是不称职的。但是，这并不意味着他的所有诗作就必须都有声情方面的明显特征，他也可以写大量主要处理其他诗学问题（比如知觉、幻象、叙事和分析）的诗歌。声情只是诗学中的一个重要问题，它不能取代其他问题或凌驾于其他问题之上。诗歌的道路宽广而多样，诗歌的功能也有着多种层面。最终来说，诗歌的存在是为了拓展我们的经验、增进我们的理解力和想象力，这可能比“声情”方面的功能更加重要。

作为诗歌 09
微观技艺的分行

分行问题，既是一个总体战略问题，也是一个局部战术或微观技艺的问题。前者涉及一位诗人对于一个时期中自己诗作的大体形态的筹划，或者对一首诗的总体面貌和形式感的筹划；后者则涉及在一首诗的特定语句中，要达到何种诗歌效果和语言状态。大多数对诗歌分行问题的研究，都忽略了前一个层面，在后一个层面上也只是浅尝辄止，且几乎都是从语言学和修辞学的角度来一般性地讨论分行在诗歌中的功能。在这些研究中，分行本身构成了一种修辞方式，其修辞学功能主要有以下几点：第一，制造停顿，便于朗读；第二，突显节奏关系；第三，创造语义空白；第四，构筑视觉图像。然而，对这种修辞学意义上的功能介绍，只能触及诗的浅表和平均化特征，且其所使用的例证往往是一些平庸甚至低劣的诗作，因而无法真正深入到诗歌的微观技艺之中。正如人类之中只有伟大人物才显示出了人之为人的可能性、高度和深度那样，作为一种微观技艺的分行，它只显现于优异和杰出的诗歌作品之中。与一般分行所造成的修辞学效果相比，这种微观技艺在诗歌中的功能要更加恰当、强化、综合与有机。只在语言学和修辞学的一般层面上讨论分行，对于写作和理解诗歌是没有多大帮助的；必须深入到那些当代诗歌杰作的内部，去观察它们的分行方式，将分行当成一种真正的技艺来理解，才能把握分行的微妙之处。

诗艺的核心是写作时的分寸感；这种分寸感决定着每一种具体的技艺在诗歌中的运用和分布状况。作为这种分寸感的直接体现，分行技艺的首要追求就是恰当性——在必要的地方断开、停止，将不妥当的分行重新调整至合适的状态，剔除冗余、补足气息，最终使得每一行不能多一个字、也不能少一个字，在声音、视觉和意义上都获得其稳定和确凿之感。这样看来，分行的美德是“知止”。试以马骅《雪山短歌·秋月》为例来说明这点：

湿热的白天在河谷里消散，天上也随着越来越凉。
四个年轻男人在雪山对面枯坐，等待积雪背后
秋天冰凉的满月。有水波流荡其间的满月，
如天缺，被不知名的手臂穿过；
　如莲花，虚空里的那道霹雳。

这首短诗的第一行是一个“句行合一”的完结句，它给出了诗的空间背景，并在对温度转变的感知中暗含着一种从“河谷”朝向“天上”的上升运动（朝后面的“满月”上升，且与诗的精神倾向相合）。第二行出现了人物和动作（“枯坐”和“等待”），带着宗教仪式感，“积雪”的出现使得第一行中的“凉意”变得更凉。第二行必须在“背后”这里断开，因为“背后”意味着间隔和距离；“等待”也暗示着等待物的缺席，因此“秋天冰凉的满月”只能推迟到下一行之中，不能在这一行中出现（以显示间隔和缺席）。第三行中出现的“满月”，将前两行的“凉”和“积雪”所积聚的凉意又推进了一步。这“满月”在等待中终于出现，且有水波流荡其间——第三行也只能在“满月”这里分断，不仅因为“满月”统领着后面出现的两个比喻，需要以悬停来强调；而且因为对“满月”一词的重复如果分开在两行之中，其重复产生的效果会减损。最后两行分别以“如”字领衔，这是佛经中的常用语（与整首诗的藏传佛教氛围相关），非常适合在行首出现。而“如莲花”前面之所以空一格，是为了让这两句形成行尾对齐；最后一行前面的空白恰如“天缺”，且是被“霹雳”所劈开的缺口。从整首诗的分行效果来看，每一行都是行于当行、止于当止。

杰出诗人的分行方式当然也具有分行的一般功能（制造停顿、凸显节奏、创建空白、构筑视像），但却能将这些功能极大地强化，并且能将它们综合起来。昌耀的名篇《紫金冠》是将停顿、重复所形成的节奏感强化至极限的一个例证：

我不能描摹出的一种完美是紫金冠。
我喜悦。如果有神启而我不假思索道出的
正是紫金冠。我行走在狼荒之地的第七天
仆卧津渡而首先看到的希望之星是紫金冠。
当热夜以漫长的痉挛触杀我九岁的生命力
我在昏热中向壁承饮到的那股沁凉是紫金冠。
当白昼透出花环，当不战而胜，与剑柄垂直
而婀娜相交的月桂投影正是不凋的紫金冠。
我不学而能的人性觉醒是紫金冠。
我无虑被人劫掠的秘藏只有紫金冠。
不可穷尽的高峻或冷寂惟有紫金冠。

分行最直接的功能就是形成语感和节奏。但是，这种通过分行而形成的语感常常是廉价的，如果它不与诗的其他要素和技艺相配合的话。确实，任何一段话只要分行排列，就会产生某种程度的“诗的意味”，但这种意味是毫不重要的，因为它不包含任何真实的劳作和创造。在绝大多数口语诗中，通过分行来产生“诗意”只不过是一种玩弄浮浅语感的乏味游戏。对诗的技艺层面的强调意味着，诗歌的分行必须是一种真正投入心智努力的劳作。同样的，诗歌中通过分行而形成的空白，如果是有真实意蕴的，它也必须是慎思的产物。“空白”在视觉上主要是指诗歌文字与白色的纸张空间之间所形成的某种关系，这种视觉关系在意义领域转换为“有与无”之间的关系，类似于水墨画中的“留白”。在诗歌中，“空白”包括：文字之外的页边空白；段落之间的空白；参差诗行之间所形成的空间；一行诗里面通过空格或空出一些字词的位置所形成的空白。空白的力量，类似于沉默在语言中的力量。一般来说，短诗的力量就来自于其被巨大的空白所包围时所形成的那种言说之外的空无感。朱朱在《楼梯上》一诗中，就让这种空白在一种“黑暗”和“孤寂”的声调中显形，并使之悬停于某个“中间地带”（“楼梯上”）：

此刻楼梯上的男人数不胜数
上楼，黑暗中已有肖邦。
下楼，在人群中孤寂地死亡。

大多数诗人在分行时会以听觉上的适当性（语气、停顿、节奏和押韵）为优先考虑因素。就押韵作为分行时的局部规则来说，当代新诗的主要作者们在处理时显得异常谨慎。一个被普遍认同的原则是：韵不宜押得过多、过于一致和过于顺口，最好是不规则地进行押韵，多使用险韵，并且尽量在一首诗中换韵，否则若无反思地追求押韵，会使一首诗堕落为“二人转”或顺口溜；同时，在可以押韵时也不能以此作为最重要的分行依据，还必须考虑到其他的诗学因素。我们可以举茱萸《雪夜读齐奥朗》的最后一段作为例证：

倒头安睡吧，话语并不迁就信仰，
弃绝是热爱所能提纯的唯一一张
入场券：强大的和软弱的，在这场
修辞的持续风暴中，将无一幸免。

在这段诗中，前三行押了韵。如果单纯从韵的角度来看，这种分行并不是最佳的方式——我们可以将第三行中的“入场券”提前到第二行的末尾，使“券”与第四行的“免”押韵，形成两种韵脚的交错押法。然而，这样一来就牺牲了诗歌分行的整齐性。同时，“入场券”一词分断至第三行时，避免了第二行成为一个语气过紧的长句，使诗的语速放缓，这一点可能是茱萸更看重的。

某些专业诗人可能会对诗的视觉和意义层面赋予更多的权重。从视觉上说，除了“图案诗”或“水泥柱体”这种形式之外，诗人还可以利用分行形成某种特殊的摇曳、参差和波浪之感，如多多的《只允许》。而在意义层面，分行特别适合用来进行强调：在跨行句中，被置于某一行结尾的词语以及被断到下一行的词语会得到特别的强调或突出，由此形成特殊的意义；另一些时候则会使下一行独立地成为一个警句。例如，谭毅的《从这里到那里》一诗的第一节中就演示了“如何用分行来进行强调”的功能：

我再次处于中途。
两端，是分别生在黎城与漩涡的
　　父亲、母亲。
他们的死在人间留下黑翳，
像树影，轻得停不下来，
却始终不飞。
他们靠我的记忆徘徊于
从这里到那里的路——
无摩擦力的脚步托起的
孤独，有时间本身也无法洗清的深。

第三行“父亲、母亲”与第二行断开，使得它们作为这条路的“两端”被突出出来。而最后一行中的“孤独”一词也从上一行脱落，形成了一个可以独立的警句。这种以强调为目的的断句方式，加重了诗歌中某些词或短语的分量，使得诗歌的声音和意义产生了必要的起伏和轻重之感。

在强调性的分行中，有一种特殊的分行法常被诗人们所采用，这便是“孤悬行”。孤悬行的形成，要么是作为单独的一个段落，要么是通过大量的空格使此行悬停在无所依托的“空”中。孤悬行可以是一句，也可以是一个词甚至一个字。我们在张枣和多多的诗中常看到这种孤悬行的运用：张枣所采用的主要方式是大量使用空格来制造孤悬之感，而多多则主要是将孤悬行作为一个单独的段落——

顶楼，语音室。

　　　　　　　秋天“哐”地一声来临，

清辉给四壁换上宇宙的新玻璃，

大伙儿戴好耳机，表情团结如玉。

——张枣《悠悠》

我拾起地上的绿扣子，吹了吹。

开始忙我的事儿。

　　　　　　　静的时候，

窗下经过的邮差以为我是我的肖像；

有时我趴在桌面昏昏欲睡，

双手伸进空间，像伸进一副镣铐，

哪儿，哪儿，是我们的精确呀？

　　　　　　　　　　……绿扣子。

——张枣《春秋来信》

不难看到，张枣在这两首诗中对孤悬行的使用，都有视觉含义。《悠悠》的首行悬于空中，恰好与“顶楼”的空间位置相合；而《春秋来信》最后一行中的省略号，在视觉上对应着正在独自滚动的“绿扣子”。

值得指出的是，张枣在诗歌中一般不会赋予某些词过重的重量，他致力于“轻盈”而不是“沉重”，因而其强调也仅止于让一些“小事物”“小词”被我们清晰地看到或听到。多多则喜欢让一些词或短语成为诗中那个反复回旋的声音，或者让某些事物成为诗歌中最耀眼的部分，比如《小麦的光芒》：

向着有烟囱矗立的麦田倾斜
也向冻裂的防护林致敬，星群
又一次升起，安抚拂动的羊毛
马奶在桶上摇晃着，批评
又一个早晨，在这样地展开：
是诗行，就得再次炸开水坝

小麦的光芒

闪电是个白色的织布人，毫不理会
午后一阵高过一阵的劈柴声
密林才是歌手，唱瓦沟里的草
先于我而知道的，唱竖琴被搂于割草人
怀中时唱过的，唱光所知道的
先于光所知道的，先于知道的
　　而知道了所有的

小麦的光芒

这首诗中的孤悬行“小麦的光芒”插在诗的所有段落之间，在行进之中反复出现，仿佛整首诗都被这道光芒所照亮。诗结尾处对“知道”一词的五次重复，其实采用了歌唱法中的高潮部分连续升key的技巧，造就出了一个罕见的高音，终于落在“小麦的光芒”之上，如同铸造过程中的最后一锤。多多在其他的诗作（如《依旧是》《没有》《四合院》《节日》）中，也大量运用了孤悬行来制造语义裂隙，以地质断层般的破碎、间离之感来阻止诗的意义过于流畅地生成。在《锁住的方向》和《锁不住的方向》中，多多甚至以“自我涂改”的方式呈现了诗歌语义偏离、分岔、反向生长的可能性。

在上述这些对语词和句子特别敏感的诗人那里，分行从来都意味着语义转换与生成的转捩点。对分断位置的精妙处理，常常会凸显出语义运动的微妙变化。李章斌注意到，在由叶维廉译的翁加雷蒂《河流》一诗中，有几句体现出翻译时高超的分行技巧：

我看着
云的不急不迫的流
过月亮

李章斌对此评论道："在'流'后面断行（而不是断为'云的不急不迫的流/过月亮'），于是'流'这个动作被强调和延长了，我仿佛真的看到云缓缓地，不急不迫地'流'，'流'了许久才'流过月亮'，真是神乎其技！"[12]与此类似的情况，在多多的《居民》一诗中也有体现：

在没有时间的睡眠里
他们刮脸，我们就听到提琴声
他们划桨，地球就停转
他们不划，他们不划

我们就没有醒来的可能

在这里，"他们不划，他们不划"作为一个单独行，在意义上意味着某种停顿、静止状态，但在声音所引发的视觉画面效果上却仿佛是用桨"划"了两下。它的字面意义与视觉联想意义之间，出现了语义上的悖谬关系。另一种有意思的微观技艺，是分行处的字面意义与视觉联想意义完全对应的情况。例如，谭毅《忆故人》一诗就采用了这种技法：

……呼吸有光，照亮远方人
回来。每次心跳皆原地划桨，生活
不会脱轨，而头发潦草书写着请柬
来者面目果然模糊，像从月亮而来的锯末

“照亮远方人/回来”这种分断法，恰好通过换行使得“远方人”的回过身来的动作得到了视觉上的显示。我们可以将这样一种注重语义生成、对应和悖谬关系的分行方式，称为“有机分行”：分断处的词语（某一行的尾词或首词），对这一分断所产生的视觉、声音或语义效果具有一种自我指涉或自我相关性，并以这种方式参与到局部的语义运动之中。作为微观技艺的分行，是诗人的“元诗歌”或“元写作意识”在诗中的局部体现。

跨行句与歧义　10

跨行句的大量运用，作为中国当代新诗的一个显著特征，事实上与分行问题有着直接的关系：分行的困难和微妙，常常就在于对跨行句（有时伴随着从句结构）究竟如何分断的思虑之中。古典诗歌不存在严格意义上的跨行句，因而其声情方面的特征很难直接移植到当代新诗中，除非诗人主动地采取“句行合一”的方式并取消对跨行句的使用。跨行句的分行问题不仅包括声音节奏的恰当性问题，也往往与诗歌理解上的歧义相关。为了说明跨行句在诗中所引发的意义的复杂性，先举一首蕨弦的短诗为例：

向后退，沙堡已陷落，潮汐为数学挪出创世的草图
只有嬉水的幼童，背对浩淼的看台，才能承受

巨鲸凌空的片刻，你也是我，在秩序之幕后窃笑
奇迹如理发师，从一支马勒里踱出，裁剪因余波翻卷的页角
——蕨弦《绝剧》

蕨弦的《绝剧》在很大程度上承继了王敖的幻象诗写法，将语言奇观的营造推到了极致。蕨弦之所以将“绝句”改为“绝剧”，是因为他的诗里有更多的剧场感。蕨弦在这四行诗中建造了一个“纸上剧场”，有看台，有幕布，有舞台、道具和布景，甚至还有背景音乐（“一支马勒”）。在“创世的草图”和它“翻卷的页角”之间，在“潮汐”和“巨鲸”之间，“幼童”和“理发师”这两位演员分别登场。“幼童”让人想到赫拉克利特（“时间是个掷骰子的儿童”）和尼采（“三种变形”中的最后一种），他作为“神的童年形态”在混沌中进行着创造的游戏；而“理发师”在此成为了“幼童”的对称，他的工作是“裁剪余波翻卷的页角”，也就是对“创世的草图”进行反思性的修整，这可以看成是“神的成年形态”。“海的混沌”由此走向了沙堡般永恒轮回的“神的秩序”。蕨弦在此诗中所主要采用的是“句即行”的分行方式，只是在两段之间似乎有一个跨行（这里有歧义：第二行结尾的“才能承受”也可以不接下一段的“巨鲸凌空的片刻”，而就是这一句的结束）。确切地说，这首诗中的“分行”其实是“分幕”（每一行就是戏剧的一幕），蕨弦用长行制造出了强烈的舞台剧效果。不难看到，这首诗的第三行开头“巨鲸腾空的片刻”既可以视为与第二行尾的“才能承受”相连（由此形成跨行句），也可以视为不相连、只归属于第三行，使第三行成为一个单独的句子。这种情况在跨行句中是非常常见的，它意味着，某一诗行在其分断处设置了某种悬而未决的不确定性或悬疑性；同时，下一行的开头既可以在“句”的意义上被理解为对上一行的接续，又可以被读者孤立地读成仅仅是这一行

的开端，并作为开端而得到（视觉和意义上的）强调。由此，跨行句在诗歌的行进中便形成了意义的两歧性，它使得某些词的句子归属性成为机动的、若即若离的，它既可能与前行或后行相连，又可能不连；同时，某些行既可以看成是与上一行相连的存在，又可以看成自身构成了自足的、独立的一行。

在诗的微观技艺中，跨行句甚至还有更多的特殊功能——它在声音与意义上所带来的模棱两可性质，使得阅读具有了多重可能性。例如，多多的《在墓地》就是一个例证：

唱

因为受辱
雪从天上来，因为祝福
风在此地，此地便是遗忘
越是远离麦地，便越是孤独

在这里，“因为受辱”和“因为祝福”都既可以理解为后一个短语的原因（“因为受辱，雪从天上来”，“因为祝福，风在此地”），也可以理解为是前一行或前一短语的原因（“唱，因为受辱”，“雪从天上来，因为祝福”）。尽管从后面的诵读节奏来看，第二种读法在声音上更顺畅，但中文的意义表达习惯似乎更倾向于前一种读法（将“因为”句前置而不是后置）。在这里，多多充分利用了由分行产生的歧义性，使得某些词与上下行之间的关系变得耐人寻味。

不过，当代新诗的作者们在跨行句的问题上存在着分歧：某些诗人极力避免跨行句的运用，认为它与语句的自然节奏相悖，显得造作和别扭，且其中不必要的中断和停顿伤害了诗歌的声情功能；另一些诗人则在写作中大量使用跨行句，不仅仅为了视觉上的分行整齐性，而且很多时候是出于意义上的考虑。在这一问题上，本文认同一种中间态度：尽管跨行句在新诗中具有视觉和意义上的双重效用，但无节制、缺少反思地滥用跨行句仍然是对诗的伤害。诗人在运用跨行句的过程中，需要考虑如何跨行才能做到不伤害诗歌的自然节奏和直接性。在当代新诗写作中，一个大体的趋势是跨行句在诗歌写作中的逐渐减少，许多专业诗人更倾向于采用“句行合一”（或一行就是一个分句）的方式进行写作。在我看来，这种趋势在暗中呼应着当代诗对于“声情”问题的重新重视：诗歌的声情，在很大程度上要求一首诗在分行时按照句子的自然节奏进行。

11　结语：自然、技艺与精神

语言是人的自然。每一历史时代中的人，其说话方式在一定程度上是自然生长出来的；因此，诗歌常被视为“自然的嗓音”或“大海的嘴唇”，它需要遵从某种来自自然深处的节奏和韵律。另一方面，诗歌作为一种语言技艺，其构成方式又具有强烈的制作性，在一切高级文明中，诗的节奏、分行、措辞都是精心思虑和琢磨的结果。由此，带来了现代诗歌在分行问题上的两歧性：一部分诗人主张分行主要凭借自然性的说话节奏和情感节奏，句（或分句）与行最好统一，诗歌中不应该出现过多的跨行句，更不应该采用一些偏离公共阅读习惯的、别扭的分行方式；另一部分诗人则主张，分行应该体现诗人对语言的独特认知，因此需要更多地采用一些只有专业诗人才能掌握的特定处理方式。中国新诗一直摇摆在这两种立场之间。在当代，持前一种立场的诗人大部分成为了抒情诗人，而持后一种立场的诗人则主要是一些强调修辞技艺的叙事诗人和观念诗人。那么，我们该如何在分行的自然性与技艺性之间进行决断？

诗歌主要是一种分行的文体，而“文体”同时就意味着“问题”。这里的谐音关系包含着一种内在的要求。从前文的论述来看，诉诸“自然节奏”的诗人其实是古典诗学标准的继承者，他们更重视的是诗的听觉形式或“声情”；而强调“分行技艺”的诗人则持有某种当代性的立场，他们更着意于通过分行来形成视觉和语义上的效果。我们无须在此立即作出一个非此即彼的回答，寻求平衡、中道与综合是首要选项，只有在不可得兼时才需要择其一而从之。对于当代新诗来说，诗人对分行问题的思考承担着双重使命：既需要对现代汉语的自然节奏和公共性的阅读习惯表现出必要的、适量的尊重，同时又要通过分行来体现诗人的独特匠心和对语言的特殊感知。显然，好的分行不能只是基于声音与节奏的考虑，而且也要包含对诗歌的视觉形式、意义转换方式的独特认识。在某种程度上，我们更需要肯定和欢迎那些基于语义运动之考虑的分行方式，因为它们偏离了自然阅读习惯，使之发生中断、偏转，使阅读方向被诗的运动所纠正和改变，并以这种方式拓展和刷新着我们对语言的经验。

在前面的讨论中，主要是对中国当代新诗中的分行问题进行了一种描述性的研究。也就是说，这里所讨论的是当代新诗实际上是如何处理分行问题的，同时这些处理又带来了哪些进一步的问题（比如诗歌的“声情问题”）。在这样的描述中，我们也必然涉及到了规范性的问题（诗人究竟应该如何在诗歌中处理分行）。在我们对众多具体例证（特别是对微观技艺的解说）中，明显是携带着某些关于诗歌的理念、尺度和标准的，从中也引申出不少对“应该如何分行”的论述。无疑，在诗学研究中，规范性的标准必定已经渗透到了对事实的描述和分析之中了，在这里，事实与规范并不是截然两分的。

同时，前述也没有仅仅从功能性的角度来讨论分行问题，而是主要从诗的技艺所蕴含的精神理念的角度来讨论分行问题（分行的开放性是自由，对分行的讲究是自律）。笔者认为，问题的关键不在于对分行的一般性功能的论述，而在于讨论分行所可能遇到的某些困难、犹疑之处（比如整齐与参差、长行与短行、跨行句的问题），讨论分行所应该遵循的原则（究竟是“句行合一”，还是大量使用跨行，按照什么原则对跨行句进行分断）。同时，前述对分行技艺的具体讨论着重于那些优异、杰出的诗作，而不是粗糙、浮浅的诗作——更关心杰作是如何使分行的效果最大化，通过分行建立了独特的诗歌形式和诗歌风格的。分行技艺的个体独特性和有机性，而不是一般性的原则，才是技艺讨论的重点。

分行技艺是为了一首诗的整体意图或目的服务的。诗从精神气质的类型上说，可以划分为直接性的诗和反思性（中介性）的诗这两类。大多数追求直接性的诗（例如口语诗）致力于对情感、对日常生活状态的显示，它们一般要求分行的自然性，以简单语法的句式（无论是短句还是长句）为主，常常出现孤立的词或短语单独成为一行的情况。而反思性的诗歌则更多的追求曲折性，注重分行的技艺层面，要求分行在大体上整齐或完全整齐，以复杂句式为主，很少会出现孤立的词作为单独一行的情形（这样做显得很粗率，而且对于编织绵密的诗歌来说，没有任何词语具有被单独突出的特权）。这两种不同精神气质的诗歌，在当代中国新诗中都有相当多的支持者。笔者认为，尽管这两种诗歌都体现了当代诗的“自由”理念，但反思性的诗歌更贴近于“自由”概念的现代含义：只有在一种具有高度反思性的自律中，而不是在一种直接的任意性或自然性中，我们才是现代意义上的自由人。

从根本上讲，新诗中的分行问题既然是由现代世界的“自由”理念引发的，对它的进一步理解就必须包含对“自由”理念本身的反思。在前面的论述中，试图用“作为自律的自由”来反对“作为主观任意性的自由”，由此推出诗的分行必须包含着某种自我限制和自我规定。这里包含着对现代世界的“自由”概念的某种理解。然而，正如黑格尔对康德进行批判时所说的，这种自律如果不包含某种对共同体伦理的认同，就只是一种抽象的、形式性的自由。但是，能够得到辩护的现代共同体又不可能是那种以先在的等级制及其礼法为原则的共同体，而只能是个体通过沟通和长期共同生活而形成的共同体；而且，在多元的现代世界，这样的共同体也远远不止一个。在其中，基本的制度原则都来自于交往、对话和商谈，传统伦理生活中的原则如果要成为个体所认同的普遍原则，必须经过交往理性或公共理性的检验。这样看来，真正的“自由”概念必须包含着对共同体及其伦理原则的某种程度的承认和吸纳。如果将新诗中的“自由”理念与此进行类比，那么我们可以推出的是：诗的自由（包括分行的自由）必须包含着对某种类似于格律（前文称之为“准格律”）的东西的承认和吸纳，但这种“准格律”不是任何现成的格律规则，而是诗歌共同体在不断的创作实践和公共讨论中生成、检验出来的格律；而且，这种格律远远不止于一种形式。

诗歌的微妙性需要通过微妙的分行处理来达成。有人形容塞尚的画中“每一笔都冒生命危险”；中国当代那些杰出诗人的诗作虽然不能说“每一行都冒着生命危险”，但通过本文的分析，应该足以显示出他们在分行问题上的严肃、严格与专注。在本文开篇处，笔者将“诗行”比喻为语言之地里的“田垄”，而田垄原本并不存在，它们是在犁耙之下显现。这意味着，诗歌的分行作为一种在语言荒野中进行开垦的行为，其活力与成效有赖于自由精神的劳作。

1. 海德格尔在《关于人道主义的书信》中说："这种（未来的）思想以它的道说把毫不显眼的沟垄犁到语言之中。这些沟垄比农夫缓步犁在田野里的那些沟垄还更不显眼。"载于海德格尔：《路标》，孙周兴译，商务印书馆，2000年，第429页。

2. 在古诗中，与分行问题相近的是句读问题。但它不是创作者需要面对的问题，而是阅读者和解释者的问题。句读问题的产生，最初可能缘于文字记录媒介（竹简和绢帛等）的珍贵而促成的对标点的省略（它逐渐成为了书写和抄录习惯），后来则更多地缘于写作语境与阅读语境之间的解释学距离。就古诗写作而言，创作者并不需要在句读方面多花心思，他最多会利用句读的可能差异制造出某些歧义效果。从根本来说，句读问题仍然从属于那种以听觉为中心的诗学体系（句读问题在词中尤其明显：例如，苏轼《水龙吟》"细看来不是杨花点点是离人泪"，辛弃疾《水龙吟》"倩何人唤取红巾翠袖揾英雄泪"，吴文英《八声甘州》"渺空烟四远是何年青天坠长星"，其句读的不同方式直接影响到词的唱法、气息续断和听觉效果，并因此影响到听众对词的理解）。

3. 即使古典诗歌中存在着句子长短参差、有一定句法弹性的"歌行体"（如李白的《长相思》《蜀道难》），这样的体裁仍然具有其先在的程式规定：其主要句式是五言或七言，其他句式的引入只能算是微调性的。此外，像"自度曲"和"曲"这样的体裁，其句读方式同样受到现成的曲谱乐句的长短和节奏制约，它们的写作类似于今天流行歌曲有现成曲谱后的填词工作。

4. 正如麦金太尔在《追寻美德》一书中所描述的那样，古典意义上的“人”的概念是一个功能性的概念：“在古典传统中，‘人’之于‘好人’恰如‘表’之于‘好表’或‘农夫’之于‘好农夫’……根据这一传统，要成为一个人也就是要扮演一系列（预定的）角色，每一角色均有其自身的意义和目的：家庭成员、公民、士兵、哲学家、神的奴仆。”参考麦金太尔：《追寻美德：伦理理论研究》，宋继杰译，译林出版社，2003年，第74-75页。

5. 新诗共同体内部也有出于“格律体”的立场对“自由体”的批评，部分诗人和批评家主张用格律化的新诗来取代自由体，并使之成为新诗写作的主要体裁。格律体新诗在分行上当然是追求整齐和押韵的。关于新诗之中的“自由化与格律化之争”，可参考刘方喜的梳理。见刘方喜：《“汉语文化共享体”与中国新诗论争》，山东教育出版社，2009年，第259-284页。

6. 古诗的形式规定或格律大体上是外在于诗歌内容的。不过，正如朱光潜所说，杰出的古典诗人能够在格律诗中创造出与其内容完全不可分的、具有唯一性的“内在形式”。然而，即使我们承认古典诗歌中也有“外在形式”与“内在形式”之分，我们也需要看到，这种“内在形式”主要是杰出诗艺的产物，绝大多数古典诗歌仍然是高度类型化的，无法做到在每一首诗中都具有唯一性。另外，我们也要区分三种不同的诗的“唯一性”：第一种是最低层次上的、抽象的唯一性，每一首诗只要没有抄袭、措辞与其他诗不同就是唯一的；第二种是杰出诗人通过其创造性的诗艺而产生的诗歌的唯一性或内在形式，它可以有格律类型上的约束；第三种是与现代人的自由或“本真性”相关的诗歌的唯一性，它意味着摆脱先在的格律类型甚至诗歌类型约束，寻求每一首诗的独一形式（外在形式和内在形式在此不再有区分）。

7. 冷霜：《分叉的想象》，光明日报出版社，2016年，第145-148页。

8. 刘方喜：《声情说》，知识产权出版社，2007年，第13-27页。

9. 刘方喜：《“汉语文化共享体”与中国新诗论争》，山东教育出版社，2009年，第421-426页。

10. 刘方喜的立论存在着一些让人疑惑的问题，而且他在分析时持有一种对中国新诗之现代特征的不够公允的偏见。即使我们承认“声情”是汉语诗歌的基本特质和精神形式，它是否就一定得从古汉语传统、特别是古典诗歌传统的形式规定性中获得或汲取？我们为什么就不能主张一种主要从现代汉语的音韵特征和情感表现力出发（对古典诗歌的声韵特征的吸收只是辅助性的）的“新的声情”？在这一问题上，刘方喜的思考是令人失望的。他全部的语言哲学和诗学探讨都采取了一种本质主义的、强调同一性的语言观和民族精神观（他所援引的从洪堡到卡西尔、伽达默尔的德国思想都是如此），而没有看到或低估了语言、民族的生成性和自身差异性。现代汉语是一种新的语言种类，它与古汉语之间虽然有一定程度的连续性，但其断裂和差异特征可能是更主要的；现代汉语的自我证成根本不是从它与古汉语的连续性中获得，而是从现代中国人的生活中获得（它就是我们在生活中所用的语言），从现代世界的“自由”理念中获得（现代汉语的可能性和完善之道都在于自由精神的自身规定之中）。作为一种新的语言，现代汉语有自身不同于古典汉语的音节、韵律特性；中国新诗在“声情问题”上的解决，最终只能通过扎根于现代汉语和现代生活的土壤上来完成，而不是通过返回古典诗歌的声律传统来进行（当然我们也鼓励那些试图返回古典传统的诗人去吸收和转化传统）。也就是说，中国新诗只能依靠创造出全新的“和谐的语音形式结构”来解决“声情茂美”的问题。在某种意义上，刘方喜低估了新诗所秉持的“自由”理念的潜能：新诗体裁的自由并非只是任意散漫的主观性，而是不断产生出自身内在形式（包括声情形式）的自律之要求；同时，新诗的自由也意味着对一切诗歌探索道路的开放性和包容性，它并不拒绝那些格律化、或者试图吸收古汉语和古典诗歌特性的努力。这些努力在当代新诗中也能有一席之地，但并不意味着它就是最好的或唯一正确的道路。因为声情的要求、意象之新异饱满的要求、叙事性的要求和分析性的要求都是诗歌的内在要求，它们在不同心性、才能的诗人那里会按不同偏重导向不同的诗歌道路。能够兼顾这四种要求当然最好，但我们大多数时候只能退而取其一二。新诗的自由使之既朝古典开放，又努力寻求自身的形式规定性；它不拒绝吸收古典诗歌的声情，但更主要是的在对“每一首诗的独一形式”的要求中不断生成新的声情。

11. 胡兰成：《中国文学史话》，上海社会科学院出版社，2004年，第68页。

12. 李章斌：《在语言之内航行：论新诗韵律及其他》，人民文学出版社，2014年，第12页。

THE END

本册完，更多内容详见

《诗镌》（2016卷）《诗镜》

YA SHI

哑石，诗人，现居成都。

SHI JUAN

《诗镌》为诗歌系列年选，拟每年持续出版，以期积累成为能够介入新诗发展进程的高质量诗歌选本，成为优秀当代诗人风采展示的重要窗口。此为2016卷，收录《诗镜》《诗蜀志》两本。

图书在版编目(CIP)数据

诗蜀志 / 哑石编. -- 成都 : 成都时代出版社,
2016.11
（诗镌. 2016卷）
ISBN 978-7-5464-1773-8

Ⅰ. ①诗… Ⅱ. ①哑… Ⅲ. ①诗集—中国—当代
Ⅳ. ①I227

中国版本图书馆CIP数据核字(2016)第260960号

诗蜀志

SHI SHU ZHI

哑石 编

出品人　石碧川
责任编辑　千燕飞
责任校对　李　航
书本设计　许天琪
内文手书　木　头
责任印制　陈晓蓉

出版发行　成都时代出版社
编辑部 028-86619530　发行部 028-86615250
网　址 www.chengdusd.com

印　刷　成都市金雅迪彩色印刷有限公司
规　格　143mm×214mm
印　张　9.5
字　数　282千
版　次　2016年12月第1版
印　次　2016年12月第1次印刷
书　号　ISBN 978-7-5464-1773-8
定　价　49.80元